AF209189

## Inhaltsverzeichnis:

## Eine neue Erfahrung

Er konnte nicht viel sehen in der Dunkelheit. Es war schon nach Mitternacht, also Samstag Morgen und die einzige Beleuchtung bestand aus fünf flackernden Kerzen, die in dieser alten, verlassenen Fabrikhalle verteilt waren.

Die aus dunklen Backsteinen bestehenden Wände und der verdreckte Boden wirkten nicht gerade gemütlich. Überall lagen Fast-Food-Verpackungen, alte Flaschen, benutzte Kondome und eine Menge sonstiger Unrat herum, den Bernd nicht genau identifizieren konnte und auch nicht wollte. Es roch nach Rattenkot und Schimmel.

Bernd wartete nun schon seit 45 Minuten auf die Dame, mit der er hier verabredet war. Er hatte die Frau noch nie gesehen und war sehr angespannt.

Man könnte zu der Schlussfolgerung kommen, dass dieser Ort recht ungewöhnlich für ein Blind Date war, aber sie hatte den Treffpunkt gewählt und Bernd war nicht wirklich überrascht, dass es hier so aussah wie es halt aussah.

Langsam begann er sich allerdings zu fragen, ob sie wirklich kommen oder ihn nur versetzen würde. Er trat näher an eine der Kerzen heran und betrachtete sie genauer. Sie war ziemlich dick und noch etwa 20 Zentimeter hoch. Bernd konnte nicht feststellen, wie lange es wohl her sein mochte, dass die Kerze entzündet worden war, da nicht zu erkennen war, welche Länge sie wohl ursprünglich gehabt hatte. Aber sie würde noch für viele Stunden Licht spenden.

Dann wurde die Stille in der Fabrikhalle durch ein schrilles E-Gitarrenriff unterbrochen. Bernd griff in die Innentasche seiner Lederjacke und beschloss gleichzeitig, unbedingt bei nächster Gelegenheit den Klingelton seines Smartphones zu ändern.

Die Telefonnummer des Anrufers wurde nicht angezeigt, aber er wusste genau, wer ihn sprechen wollte.

„Ja?"

„OK" sagte eine weibliche Stimme in strengem Befehlston. „hast du das Geld dabei?"

Die Stimme klang etwas merkwürdig und heiser. Bernd hatte schon vorher mit der Dame telefoniert und war daher über den ungewöhnlichen Klang der Stimme nicht verwundert. Er vermutete, dass die Frau ihre Stimme verstellte, um nicht daran erkannt zu werden.

„Natürlich."

„Dann zieh dich jetzt komplett aus."

„So richtig komplett?" ...rnd etwas überrascht wissen.

„Wenn ich dir sage, du sollst dich komplett ausziehen, dann machst du Penner das auch, kapiert?"
Ihre Stimme klang jetzt etwas erbost.

„Entschuldigung. Ich mach' ja schon..." versuchte Bernd sie zu beruhigen.
Aber sie hatte das Gespräch schon beendet und seinen letzten Satz vermutlich gar nicht gehört.

Jetzt war er nicht sicher, ob er das Treffen mit seiner Frage versaut hatte.

Hastig begann Bernd, seine Lederjacke und das T-Shirt auszuziehen. Dann öffnete er seinen Gürtel und ließ die Jeans-Hose an seinen Beinen herunter rutschen.
Es kostete ihn etwas Überwindung, aber schließlich zog er auch noch den Slip aus.

Bernd hoffte, dass niemand außer der Dame, die er erwartete, ihn so nackt in einem vergammelten und verlassenen Drahtwerk sehen würde.

Es war August und doch fror Bernd, als er nackt wartete. Er stand allein in einer heruntergekommenen Fabrikhalle und es passierte einfach nichts. Nach etwa einer halben Stunde hatte er die Hoffnung aufgegeben. Er bückte sich gerade, um seine Unterhose aufzuheben, als ihm ein

weiteres Gitarrenriff aus seinem Smartphone wieder neue Hoffnung brachte.
Er hob es hastig auf und rief aufgeregt „Hallo?"

„Na also, es geht doch" sagte die weibliche Stimme etwas spöttisch.

Bernd begann sich zu fragen, ob die Frau ihn heimlich beobachtete oder ob es ganz einfach Menschenkenntnis war, was sie sicher machte, dass er nun wirklich nackt war.

„Geh zu der Wand, wo die drei Kerzen stehen" forderte die Stimme ihn auf.

Bernd schaute sich um.

Tatsächlich, drei der fünf Kerzen standen verteilt auf einem verstaubten und zerkratzten Regalbrett, dass an eine der heruntergekommenen Backsteinwände geschraubt war.
Bernd ging langsam dorthin und hielt dabei gespannt sein Smartphone ans linke Ohr.

Dort stand er nun und wusste wieder nicht weiter.

„Und jetzt?" fragte er etwas hilflos.

„Siehst du das Gitter am Boden?"

Bernd schaltete die Taschenlampen-App seines Smartphones ein und entdeckte im Schein des LED-Blitzlichts nach kurzem Suchen über dem

Boden ein rostiges Gitter, das vor einen Durchbruch in der Mauer geschraubt war. Offenbar wurde an dieser Stelle früher der Draht aus dem Nebenraum in eine Maschine, die nun rostig und sinnlos mittig in der Halle stand, eingezogen und hier weiter verarbeitet.

Auf dem Boden liegend entdeckte er etwas metallisch Glänzendes. Bei näherem Hinschauen identifizierte er es als ein paar Handschellen. Eine der Edelstahlschlaufen war um eine der rostigen Gitterstreben gezogen und offenbar verschlossen.

„Ja, ich sehe das Gitter" antwortete Bernd.

„Setzt dich da hin und schließe die Handschelle um dein rechtes Handgelenk."

„Das ist ein Witz, oder?"

Nun schien die Frau wirklich schlechte Laune zu bekommen. Ihre Stimme klang sehr wütend. „Gleich habe ich die Fresse aber echt voll, du kleiner Spinner. Rede mich gefälligst vernünftig an und mach einfach das, was ich dir sage. Ich werde' dir schon Manieren beibringen!"

Bernd wurde sich nun schlagartig wieder seiner Rolle bei diesem ungewöhnlichen Treffen bewusst. „Verzeiht mir, Herrin. Natürlich mache ich, was Ihr von mir wollt" sagte er etwas kleinlaut.

In diesem Moment hörte er, wie die Telefonverbindung erneu unterbrochen wurde.

Jetzt wollte er keine Zeit mehr verlieren. Er untersuchte kurz den dreckigen Boden vor seinen Füßen auf Glasscherben und sonstigen Müll und setzte sich dann hastig auf den Boden. Er musste sich etwas verbiegen, schaffte es aber nach kurzer Zeit, mit seiner linken Hand die Handschelle um das rechte Handgelenk zu schlingen und zuschnappen zu lassen.
Aber schon in dem Moment, wo er das klickende Geräusch der Fesselvorrichtung hörte, erschrak er sich vor sich selbst.
Wie konnte er nur so unvernünftig sein, sich dieser wildfremden Person so schutzlos auszuliefern? Nichts von all den Dingen, die er über die Dame zu wissen glaubte, mit der er verabredet war, wirkte in irgendeiner Weise beruhigend auf Bernd.

Nach einer gefühlten Ewigkeit hörte er Schritte. Die Geräusche klangen nach harten Holzabsätzen, die in gleichmäßigen, kurzen Abständen auf dem schmutzigen Fabrikboden aufsetzten und immer näher zu kommen schienen.
Bald konnte Bernd vor sich eine dunkle Silhouette erkennen. Die Schritte wurden jetzt etwas langsamer. Dann erfasste der Schein der Kerzen endlich die „Herrin", auf die Bernd so lange gewartet hatte. Ungefähr zwei Meter vor ihm blieb sie stehen. Bernd musterte sie so gut die Beleuchtung ihm ermöglichte. Zunächst vielen ihm die knallroten, glänzenden High Heels auf. Bernds Blick wanderte

langsam weiter nach oben. Die langen Beine schienen gar nicht aufzuhören. Die Frau schien noch recht jung zu sein, denn die Haut wirkte sehr glatt und glänzend. Etwas weiter oben war ein extrem kurzer und eng sitzender Minirock aus schwarzem Leder zu erkennen. Das Oberteil war eine Art Korsett aus demselben Material. Ein tiefer Ausschnitt erlaubte Bernd einen großzügigen Blick auf eine beachtliche Oberweite. Zwischen ihren Brüsten verlief ein Reißverschluss bis zum Rock herunter. Über der linken Schulter hing der Trageriemen für eine recht große Handtasche aus rotem Lackmaterial.

Bernd hätte nur zu gern auch das Gesicht dieser Dame gesehen, aber sie trug eine glänzende, schwarze Maske mit runden Ausschnitten für Augen und Mund. Am Hinterkopf der Maske schien eine weitere Öffnung zu sein, denn ein Pferdeschwanz mit feuerroten Locken umspielte die Maske.
Der gesamte Anblick war zwar geradezu skurril, aber auch sehr weiblich und wirkte auf Bernd unheimlich erregend. Sein Blick hing immer noch auf dem maskierten Gesicht fest. Er starrte wie gebannt auf den mit glänzendem, knallrotem Lippenstift betonten Mund. Diese vollen, sinnlichen Lippen würde er wohl nie wieder vergessen können. Er begann schon damit, sich in seiner Fantasie die unglaublichsten Dinge vorzustellen, die diese Frau mit diesen Lippen vollbringen könnte.

Sie ließ ihm aber nicht die Zeit, seine unanständigen Gedanken zu Ende zu führen.

„Du scheinst zwar etwas dämlich zu sein, aber ab und zu machst du ja wirklich, was man dir sagt."

Ihre Stimme klang etwas spöttisch.

„Ja, Herrin. Gut, dass Ihr endlich da seid…" Bernd wollte nicht schon wieder Fehler machen.

„Du bist ein echt mieser Schleimer", sagte die Herrin daraufhin. Dann hob sie, ohne weitere Worte zu verlieren, Bernds Lederjacke auf und griff zielgerichtet in die rechte Jackentasche, aus der sie geschickt seine Geldbörse zog. Sie ließ die Jacke fallen und fischte einige Geldscheine aus dem Portemonnaie. Danach warf sie die Börse ziemlich achtlos zu Boden. Sie steckte die Geldscheine in ihren Ausschnitt und ging dann weiter auf Bernd zu.

„Ok, das Geschäftliche haben wir erledigt. Jetzt lernen wir uns erstmal etwas besser kennen."

Sie griff in die rote Tasche und zog eine dunkle Peitsche heraus, an deren Ende einige schwarze Lederbänder herunterhingen.
Bernd hatte seinen Kopf inzwischen etwas gesenkt und starrte vor sich auf den Boden, da er nicht sicher war, ob seine Herrin es mochte, wenn er sie die ganze Zeit anstarrte.
Aber dann tippte die Dame mit dem Peitschenende unter Bernds Kinn und drückte damit langsam, aber bestimmt sein Gesicht nach oben. Nun blieb ihm nichts anderes übrig, als wieder direkt in ihr

maskiertes Gesicht zu schauen. Nun fielen ihm auch ihre stark geschminkten Augen auf, die durch die Löcher in der Maske zu erkennen waren. Sie wirkten weiblich und anziehend, aber bei der flackernden Kerzenbeleuchtung konnte er die Augenfarbe nicht erkennen.

In diesem Moment traf ihn auch schon der erste Peitschenhieb auf die linke Wange. Der Schlag war zwar bestimmt nicht so hart, dass sichtbare Verletzungen zurückbleiben würden, aber Bernd spürte das Brennen deutlich auf der kompletten Gesichtshälfte.

Kurz darauf folgten weitere Peitschenhiebe auf seinen Oberkörper. Zwar hatte Bernd den Drang, seinen nicht gefesselten linken Arm hochzureißen, um die Schläge abzuwehren, aber er unterdrückte diesen Reflex. Ein solches Verhalten würde seiner Herrin bestimmt nicht gefallen.

Also hinderte er sie nicht daran, weiter seinen Bauch- und Brustbereich und ebenso die Schultern mit der Peitsche zu bearbeiten.

Nach einigen Schlägen bemerkte Bernd, dass ihn das Aufklatschen der Lederbänder auf seiner nackten Haut immer stärker erregte. Inzwischen schlug seine Herrin sogar etwas fester zu. Auf einigen Körperstellen würden vermutlich ein paar Striemen zurückbleiben.

Dann wurde es leiser. Die Frau hatte aufgehört, ihn zu peitschen. Sie stand einfach nur vor ihm und schaute ihn an. Nach kurzer Zeit ließ sie die Peitsche einfach zu Boden fallen.

„Gut, du bist also gar nicht so ein weinerlicher Jammerlappen," stellte sie zufrieden fest. „Dann hast du auch eine Belohnung verdient."

Sie ging ein paar Schritte vor und schob langsam den kurzen Lederrock hoch. Bernd konnte erkennen, dass sie darunter nichts trug. Er starrte erregt ihre Vagina an, die sich nun nur einige Zentimeter vor seinem Gesicht befand. Sie war glatt rasiert und die kleinen Schamlippen glänzten nass. Bei diesem Anblick bemerkte Bernd, wie sein Penis immer mehr anschwoll und im Takt seines Herzschlages leicht zu zucken begann. Auch der Duft dieser Frau brachte ihn fast um den Verstand.
Dann drehte sich seine Herrin vor ihm um, stellte sich mit gespreizten Beinen direkt vor sein Gesicht und beugte sich vor. Ihr nacktes Hinterteil berührte nun fast Bernds Gesicht.

„Los, leck' mir die Rosette sauber," befahl sie ganz ruhig, als ob es die normalste und üblichste Sache der Welt sei.

Bernd zögerte nicht lange. Vorsichtig berührte er ihre Pobacken mit seiner linken Hand und spreizte die Finger, um sie etwas auseinander zu schieben. Dann schob er langsam seine Zunge bis zu ihrem Poloch vor. Zunächst umspielte er es leicht mit der Zungenspitze. Als ihm ein leichtes Zucken seiner Herrin verriet, dass sie durch die Situation genauso erregt war wie er, schob er die Zungen direkt in die Rosette und begann, darin herumzuschlecken. Die Dame ließ ihn gewähren und schob ihr Hinterteil sogar noch weiter zurück. Bernds Hinterkopf lehnte nun schon an der Mauer und er konnte und wollte auch nicht weiter zurückweichen. Sein Gesicht wurde also noch weiter zwischen die Pobacken der Herrin gedrückt. Er bohre seine Zunge so tief in ihre Rosette, wie es ihm möglich war. Das Gefühl und der Geschmack auf der Zunge waren unbeschreiblich schön.

Nach einer Weile stellte sich die Dame wieder aufrecht und trat einen Schritt nach vorn. Sie drehte sich um und schaute zunächst in Bernds erregtes Gesicht und dann auf sein hart angeschwollenes Glied.

„Das hat die scheinbar gefallen, oder?"

„Ja, Herrin," antwortete er atemlos.

Daraufhin hob sie die Peitsche auf, schwang sie und ließ die Lederbänder ohne Vorwarnung direkt af Bernds Intimbereich aufschlagen. Der Hieb war nicht sehr feste, aber ein stechender Schmerz am Penis und auf dem Hodensack ließ Bernd nach Luft schnappen. Er konnte einen Schmerzensschrei gerade noch unterdrücken.

Die Dame beließ es bei diesem einen Schlag. Sie warf die Peitsche erneut auf den Boden und ging wieder auf Bernd zu. Einen Augenblick später stand sie mit gespreizten Beinen direkt vor seinem Oberkörper. Ihr Rock war immer noch hochgezogen und so befand sich ihre Vagina wieder direkt vor seinem Gesicht.

„Und jetzt leckst du mir die Möse. Aber gib dir ja Mühe," sagte sie in einem sehr strengen Tonfall.

Bernd gehorchte glücklich. Langsam ließ er seine Zunge über ihre nassen Schamlippen gleiten und begann dann, ihre Klitoris vorsichtig zu umspielen. Seine Herrin schien es zu genießen. Sie drückte ihr Becken immer fester gegen sein Gesicht. Bernds Zunge glitt nun zwischen ihren Schamlippen weiter nach hinten. Die Zungespitze begann, sich immer tiefer in die Vagina hineinzutasten. Bernd spürte, wie das Becken der Frau immer stärker zuckte. Nun schob er die Zunge immer wieder tief in die Vagina hinein und zog sie dann wieder zurück.
Seine Herrin ließ sich diese Behandlung eine Zeit lang gefallen. Dann trat sie wieder ein paar Schritte zurück. Sie hob erneut die Peitsche vom Boden und fasste sie in der Mitte des Stiels an. Langsam schob sie sich nun das Griffstück zwischen die Schamlippen und begann, sich damit direkt vor Bernds Augen selbst zu befriedigen. Immer schneller schob sie dich den Peitschenstiel in die Vagina. Nach kurzer Zeit zitterte ihr ganzer Körper.

Dann wurde sie wieder ruhig. Sie zog die Peitsche langsam heraus und ging wieder auf Bernd zu. Den nass glänzenden Peitschengriff hielt sie nun direkt vor sein Gesicht. Sie drückte ihn gegen seine Lippen und er öffnete gierig den Mund. Genüsslich leckte er den Griff der Peitsche sauber.

„Das reicht jetzt," stellte seine Herrin nach einer Weile fest. Sie trat wieder etwas zurück und verstaute die Peitsche wieder in der roten Tasche.

Dann kümmerte sie sich wieder um Bernd. Sie schaute auf seinen immer noch hart angeschwollenen Penis. Langsam trat sie einen Schritt vor und schob dann die Spitze ihres rechtens Schuhs unter seinen Hodensack. Von dort aus ließ sie ihn langsam über die Hoden und dann am Penis entlang nach oben gleiten. Nun streichelte sie mit der Schuhspitze langsam über Bernds Eichel, die hart pulsierend aus der Vorhaut herausschaute.

Bernd stöhnte vor Erregung. Daraufhin zog die Herrin sofort die Schuhspitze zurück und stellte den Fuß zwischen seinen Beinen auf den Boden.

„Du glaubst doch nicht wirklich, dass ich dir jetzt auch noch einen runterhole, oder?"

„Verzeiht mir, Herrin, ich bin nur so geil geworden" versuchte Bernd die Situation zu retten.

„Wenn du es so nötig hast, kannst du mir meinetwegen auf den Schuh spritzen, aber ich mach' dir deinen Schwanz mit Sicherheit nicht leer."

„Danke, Herrin."

Bernd griff nun mit der linken Hand nach seinem Penis und begann hastig, die Vorhaut immer wieder vor und zurück zu schieben. Er war so sehr unter

Druck, dass das Sperma schon nach einigen Sekunden aus der Eichel spritzte und klatschend auf dem glänzenden roten Schuh seiner Herrin landete.

„Das ging ja schnell. Ich denke, dass war es erstmal für heute. Wir sehen uns bestimmt wieder."

Die Dame schob ihren Lederrock wieder runter und griff in ihre Handtasche. Nach kurzer Zeit angelte sie daraus einen kleinen Schlüssel hervor. Bernd ging davon aus, dass er damit die Handschellen öffnen könnte. Er hielt seiner Herrin die geöffnete linke Hand entgegen, um den Schlüssel anzunehmen. Sie lachte kurz etwas boshaft auf, gab den Schlüssel aber nicht an Bernd.

Stattdessen ging sie wieder auf ihn zu und blieb direkt vor seinem Oberkörper stehen. Dann legte sie den Schlüssel auf den vorderen Rand der halb abgebrannten, flackernden Kerze, die sich direkt oberhalb von Bernd auf dem Regalbrett befand.

Danach verabschiedete sich die Herrin mit einem knappen „bis bald" und verließ in ganz ruhigen Schritten die Halle.

Bernd hatte eigentlich geplant, der Dame zu folgen, um herauszubekommen, wo sie wohnt, oder zumindest, mit welchem Fahrzeug sie unterwegs war, aber ihm blieb nichts anderes übrig, als geduldig zu warten.

Nach kurzer Zeit hörte er von draußen das Zuschlagen einer Autotür.

Dann folgte ein rasselndes Geräusch, welches ein paar Sekunden anhielt. Bernd deutete es als einen Startversuch mit defektem Anlasser. Wenig später sprang beim zweiten Startversuch der Motor an. Offenbar war es ein Dieselmotor

Bernd hörte, wie sich das Fahrzeug entfernte, konnte aber anhand des Motorengeräusches überhaupt nicht feststellen, um was für ein Auto es sich dabei handelte.

Langsam machte er sich Sorgen, ob die Idee mit dem Schlüssel auf der Kerze wirklich funktionieren würde.

Jederzeit könnte ein Windstoß die Kerze ausblasen.

Aber auch wenn die Kerze weiter brannte, könnte es durchaus passieren, dass der Schlüssel zwar herunterfallen, aber dann auf dem Regalbrett liegen bleiben würde.

Falls er den Schlüssel nicht bekommen würde, müsste er bestimmt die ganze Nacht nackt auf dem Boden dieser dreckigen Halle sitzen bleiben. Auch am nächsten Tag würde er laut rufen müssen, damit überhaupt in absehbarer Zeit jemand diese Ruine betreten und ihn finden würde.

Aber der Gedanke, nackt und gefesselt auf dem Boden sitzend gefunden zu werden, bereitete ihm die meisten Sorgen.

Nach einer fast endlos scheinenden Zeit fiel dann aber doch der Schlüssel von der Kerze herunter und landete direkt auf Bernds rechtem Oberschenkel. Der Schlüssel war heiß und würde bestimmt eine Brandblase hinterlassen, aber die Erleichterung war so groß, dass Bernd daran keine Zeit verschwendete.

Hastig griff er sich den Schlüssel mit der linken Hand, kratzte mit seinen Fingernägeln grob den störenden, weichen Kerzenwachs ab und öffnete die Handschelle.

Danach stand er auf und suchte seine Kleidung zusammen.

**Es geht los !**

Am Montag betrat Bernd Schiller die Polizeiwache Werdohl um 07:58 Uhr. Er nickte Ralf Schulte, dem Wachdienstführer der Dienstgruppe „Berta", der noch recht müde in seinem Sessel am Funktisch saß, durch das Fenster zu. Daraufhin betätigte Ralf den Türöffner und Bernd betrat den Flur und ging direkt zum Pausenraum. Er angelte sich eine Tasse aus dem Regal und goss sich einen Kaffee ein.
Dann setzte er seinen Weg zum Büro fort. Diesen Raum teilte er sich mit seinem Kollegen Erik Paschek, der schon müde an seinem Schreibtisch saß und ebenfalls Kaffee aus seiner Tasse schlürfte.

Zur Begrüßung brauchten beide keine langen Sätze.

„Hi", sagte Bernd müde.

„Hi", kam genauso motiviert von Erik zurück.

Die beiden hatten sich zwar zwei Wochen nicht gesehen, da Erik gerade erst aus dem Urlaub zurück war, aber auf ein längeres Gespräch hatten beide um diese Uhrzeit noch keine Lust.

Bernd setzte sich und zündete eine Zigarette an. Dann startete er seinen Computer, der erfahrungsgemäß mehrere Minuten brauchte, bis er wirklich benutzbar und mit dem Netzwerk verbunden war.

Erik und Bernd teilten sich im hiesigen Kriminalkommissariat die Bearbeitung kleinerer Diebstahls- und Körperverletzungsdelikte. Eigentlich hätte jeder von ihnen einen eigenen Büroraum, aber aufgrund des inzwischen allgemein gültigen Rauchverbotes in Amtsgebäuden hatten sie schon vor längerer Zeit einen praktischen Kompromiss gefunden. Einen der beiden Räume nutzten sie abwechselnd nach Terminabsprache für Vernehmungen von Zeugen und Tatverdächtigen. In diesem Raum rauchten sie auch wirklich nicht, um lästige Beschwerden überkorrekter Bürger zu vermeiden.

Im anderen Raum erledigten beide zusammen ihren alltäglichen Papierkram. Hier konnte Bernd ungestört seine täglichen zwei Päckchen Zigaretten rauchen.

Erik rauchte zwar etwas weniger, aber der Qualm seiner dunklen Zigarillos war dafür erheblich intensiver.

Eigentlich war in diesem Zimmer natürlich ebenfalls Rauchverbot, aber da sich bisher niemand beschwert hatte, gab es diesbezüglich auch keine Probleme.

Einige Schlucke Kaffee später brach Erik das Schweigen.

„Du brauchst dir deinen Papiermüll gar nicht erst zu holen.

Wir müssen um neun Uhr in Hagen sein. Heute Nacht haben sie schon wieder so einen perversen Spinner in der Lenne gefunden."

„Kacke, wo denn?"

Bernd war mit einem Mal hellwach.

„In Letmathe.
Der Bach ist im Augenblick auch so trocken, dass er eigentlich nur in Altena los geschwommen sein kann. Sonst wäre er schon vorher auf einer Kiesbank hängen geblieben."

„Toll, und wir haben jetzt wieder den ganzen Tag versaut". Bernd hatte sich den Morgen etwas ruhiger vorgestellt. Die Striemen auf seinem Oberkörper brannten noch bei jeder Bewegung. Aber das würde er Erik natürlich nicht erklären.

Auch Erik war nicht begeistert von der Situation. „Ich habe für heute drei Vorladungen rausgeschickt. Jetzt kann ich erst mal wieder Tanja in den Arsch kriechen, damit sie die Vernehmungen macht.

Die hasst mich bestimmt eh noch. Vor drei Wochen war es genau dieselbe Scheiße."

Tanja Bäcker war eine Regierungsangestellte, die sich auf dem Kriminalkommissariat Werdohl eigentlich um die Vernehmung von Ladendieben und Schwarzfahrern kümmern sollte. Oftmals wurden ihr auch andere Aufgaben übertragen.

Seit aber Erik und Bernd zur Mordkommission „Domina" abgeordnet wurden und daher jedes Mal, wenn in der Sache etwas Neues passierte, tagelang ihren Alltagsaufgaben nicht nachkommen konnten, wurde Tanjas Aufgabenbereich häufig erheblich erweitert.

Sie ging gerade mit einem Stapel Aktenordner auf dem Arm durch den Flur, als Erik aus dem verrauchten Zimmer trat.

„Guten Morgen, Tanja. Du bist ja schon fleißig um diese Uhrzeit. Die Bluse steht dir übrigens echt gut…"

Tanja verdrehte die Augen etwas und ahnte schon, was jetzt auf sie zukommen würde. „Hör auf mit der Schleimerei.
Was willst du schon wieder von mir?"

„Ich hätte gleich eigentlich drei Vernehmungen. Aber wir müssen wieder nach Hagen…."

„Toll, ich habe eigentlich selbst noch dreißig Anzeigen hier rum liegen, die ich endlich fertig machen muss. Wann locht ihr diese irre Schlampe denn endlich ein?"

„Keine Ahnung, ich hoffe, dass sie sich dieses Mal ein bisschen blöder angestellt hat.

Also, wenn du die drei Arschlöcher für mich vernimmst, lade ich dich auch zum Essen ein..." Eigentlich hoffte Erik geradezu, dass sich Tanja auf diesen Handel einließ. Sie gefiel ihm unheimlich gut mit ihren kurzen, blonden Haaren und der knackigen Figur, die man gut unter der knappen Bluse und dem kurzen Jeansrock erkennen konnte.

Tanja sah das Ganze allerdings etwas anders. Erik war aus ihrer Sicht mit seinen 38 Jahren viel zu alt für die 26 jährige Frau. Auch war er ihr etwas zu dick und seine  fast schulterlangen, zerzausten, etwas licht gewordenen Haare und der ungepflegte Dreitagebart wirkten auf sie fast abstoßend.
„Weißt du, Erik. Ich mache ja unheimlich gern die Drecksarbeit für dich, auch ohne Einladung..."

„Danke, das ist echt süß. Die Akte liegt auf meinem Tisch. Bis später.."

In diesem Augenblick öffnete sich wieder die Tür von Eriks und Bernds Büro. Bernd stand in einer fast undurchsichtigen Qualmwolke und begann, seine Lederjacke anzuziehen.
„Hi, Tanja.
Erik, hasst du schon den Autoschlüssel?"

„Jau."

„Nicht so schnell, die Herren! Hier wartet noch jemand auf Sie."

22

Die beiden Ermittler drehten sich um und schauten zum Ende des Flurs in die Richtung, aus der sie gerade die wohlbekannte Stimme ihres Wachleiters Rainer Borgmann vernommen hatten.

Borgmann stand dort in kompletter Uniform mit zugeknöpftem Jackett und hatte sogar seine Dienstmütze auf. Die trug er nur selten, denn obwohl sich im Innenfutter der Mütze sogar ein Aufdruck mit dem Schriftzug „stirndruckfrei" befand, war sie genau das überhaupt nicht. Es gab kaum einen Polizisten, der nach längerem Tragen seiner Dienstmütze keinen roten Druckstreifen über den Augenbrauen auf seiner Haut hatte.

Neben Rainer Borgmann stand eine junge Dame, die vermutlich höchstens 20 Jahre alt war. Sie war nicht dick, aber ihre Figur hatte recht üppige Kurven. Sie trug eine eng anliegende Stretchjeans und ein bunt bedrucktes Sweatshirt. Ihr lockiges Haar war schulterlang und sie trug eine Nickelbrille.

„Morgen, Chef" grüßte Erik.

„Guten Morgen" gab auch Bernd von sich. Er fand es zwar etwas unhöflich, speziell nur Borgmann anzusprechen, obwohl er gar nicht allein war, aber er hatte keine Lust, mit Erik über gute Manieren zu diskutieren.
Die zwei Polizisten trotteten langsam zum Flurende.

„Darf ich Ihnen Frau Schnitzler vorstellen? Ich habe es ja schon letzte Woche angekündigt. Sie ist in der

Polizei-Ausbildung und macht in den nächsten sechs Wochen ein Praktikum beim Kriminalkommissariat Werdohl.

Frau Schnitzler, das hier sind Herr Schiller und Herr Paschek. Die Beiden werden Ihnen alles erklären und sich um Sie kümmern.

Ich muss mich jetzt leider verabschieden und den Herrschaften von der Presse erklären, dass ich ihnen zu der Wasserleiche nichts erklären darf. Ich glaube, Sie müssen jetzt auch los, wenn Sie rechtzeitig in Hagen sein wollen…."

Borgmann wartete gar nicht auf eine Antwort der Ermittler. Er ging schnurstracks den Flur entlang und nickte beim Verlassen der Wache im Eingangsbereich kurz Ralf Schulte zu, der gerade neben dem Funktisch stand und verzweifelt versuchte, einen größeren Kaffeeflecken mit einem nassen Lappen aus seinem Diensthemd zu reiben.

Seit die Polizei Nordrhein-Westfalen vor einigen Jahren beschlossen hatte, die Farbe der Diensthemden von beige in hellblau zu ändern, war Kaffeetrinken im Dienst aus Ralfs Sicht erheblich komplizierter geworden

Erik war nicht begeistert von der neuen Situation, wollte aber endlich losfahren.

„OK, das ist Bernd, ich heiße Erik. Wir haben jetzt aber keine Zeit mehr. Wir kommen eh schon zu spät.“

„Ich bin Beate", sagte die Praktikantin, während sich die Drei zusammen durch den Flur in Richtung Parkplatz bewegten.

Dort angekommen öffnete Bernd schnell die hintere rechte Tür des Dienstwagens, damit Beate gar nicht auf die Idee kommen würde, sich nach vorn zu setzen.
„Steig ein, Beate. Es geht los !"

**Findet sie !**

Die Fenster des grünen VW Golf waren weit geöffnet. Dichter Nebel quoll heraus, während Erik den zivilen Dienstwagen, in dem striktes Rauchverbot herrschte, vor dem Polizeipräsidium einparkte.
Kurz danach betraten die Drei den Haupteingang. Ein älterer, uniformierter Beamter trat an das Empfangsfenster heran.

Bernd ging zum Fenster.
„Hi, Kutte. Hast du mal den Code?"

Dann schob er seine Handfläche durch einen Schlitz unter der Panzerglasscheibe durch, der eigentlich für die Übergabe von Ausweisen oder anderen Dokumenten gedacht war.

„Morgen, Bernd. Hattest du Sehnsucht nach mir? Du warst doch erst letzte Woche da."

Dann zog Polizeioberkommissar Andreas Kuttner, der sich schon seit Jahren hauptsächlich um den Empfang sämtlicher Besucher des Polizeipräsidiums kümmerte, einen Kugelschreiber aus der Hemdtasche und kritzelte damit ein paar Zahlen auf Bernds Handrücken.
„Beeilt euch. Ich glaube, ihr seid die letzten."

Bernd nickte Kuttner dankend zu und ging dann auf eine Stahltür zu, neben der ein Tastenfeld mit Ziffernblock angebracht war. Erik und Beate folgten ihm wortlos. Bernd tippte die vierstellige Zahlenkombination ein. Darauf folgte ein kurzer Pieps-Ton und er konnte die Tür aufdrücken.

Danach stiegen die drei in einen Fahrstuhl, der sie in die vierte Etage brachte. Da sich sonst niemand im Aufzug befand, erklärte Erik Beate kurz: „Hier ist alles total sicher und geheim. Der Code wird jede Woche geändert. Wenn du deshalb mal nicht rein kommst, fragst du am Besten den Typen von gerade oder irgendeine Putzfrau…"

Beate nickte verständnisvoll.

Dann öffnete sich die Aufzugstür und es ging weiter über einen langen Flur bis hin zu einer großen weißen Doppeltür. Bernd öffnete sie ohne anzuklopfen und schon standen die drei in einem großen Saal. Viele weiße Tische waren hier U-förmig aneinander gereiht. Bis auf eine leere Ecke waren alle Plätze besetzt. Dorthin bewegte sich die Dreiergruppe.

„Schön, dass auch die Herrschaften aus Werdohl es schon einrichten konnten…." Die Stimme von Kriminalhauptkommissar Markus Peters klang etwas genervt.

Er war Leiter der Mordkommission und stand vor einer Leinwand, auf die mit Hilfe eines Beamers ein großes Foto einer männlichen, unbekleideten Leiche geworfen wurde, die auf einer Rettungstrage lag.

„Entschuldigung, der Verkehr war Scheiße", erklärte Erik ihre Verspätung.

„OK. Setzt euch.
Wir wollen endlich anfangen.

Gerd, leg mal los…"

Dann setzte Peters sich an einen der Tische und Gerd Ebers stand auf und stellte sich neben die Leinwand.
Er hatte die Nachtschicht der Kriminalwache übernommen und sah etwas übermüdet aus. Normalerweise hätte er bereits vor drei Stunden Feierabend gehabt. Er fasste die Fakten so kurz zusammen, wie er es für vertretbar hielt, um endlich nach Hause zu kommen.

„Heute Morgen hat in Letmathe ein Angler eine männliche Wasserleiche in der Lenne gefunden. Die Leitstelle wurde um 04:36 Uhr angerufen. Ein Streifenwagen war um 04:40 Uhr dort, Feuerwehr und Rettungswagen gegen 04:50 Uhr.

Der Mann lag auf dem Bauch auf einer Kiesbank. Das Wasser war so flach, dass die Streife vom östliche Ufer aus zu Fuß dahin gehen konnte. Sie haben den Mann umgedreht. Es war aber nichts mehr zu machen.

Um 04:53 Uhr hat der Notarzt den Tod festgestellt. Die Kriminalwache wurde gegen 04:58 Uhr informiert. Ich war zusammen mit Claudia Mertens etwa um 05:23 Uhr vor Ort.

Die Leiche war nur mit ein paar schmutzigen Tennissocken bekleidet. Im Bereich des Oberkörpers gibt es vorn und hinten ein paar längliche, oberflächliche Verletzungen, vermutlich wieder Striemen von einer Lederpeitsche. Um den Hals hatte er einen Kabelbinder.

Vermutlich wurde der Mann im Bereich Altena ins Wasser geworfen. Die Lenne führt so wenig Wasser, dass er es aus Werdohl nicht bis Letmathe geschafft hätte.

Daher gehen wir davon aus, dass wir es mit demselben Täter oder hier eher mit derselben Täterin wie bei unseren anderen vier Morden zu tun haben.

Bei dem Toten handelt es sich um den 29 jährigen Oskar Gräfe, Wohnanschrift ist die Rahmedestraße 44 in Altena. Das ist ein Mehrfamilienhaus.

Er hat eine Zweizimmerwohnung im zweiten Stock und ist dort allein gemeldet. Die Bude sieht auch sehr nach Singlehaushalt aus, sehr unaufgeräumt, viele Bierdosen, leere Pizzaschachteln, ein paar Porno-DVDs und so.

Es scheinen aber ganz normale Ficken-Filme zu sein, nichts was speziell auf eine Sado-Maso-Neigung hindeutet…"

Sofort kam ein spöttischer Zwischenruf von einem der Tische: „Hast du die Pornos schon alle gesehen? Gute Arbeit!"

Gerd Ebers machte seinen Job schon viel zu lange, um durch so eine alberne Bemerkung aus dem Konzept zu kommen oder peinlich berührt zu sein.
Daher entgegnete er trocken: „Nein, das habe ich noch nicht geschafft. Aber ich wollte eigentlich die Filme mit nach Hause nehmen und dann heute Nachmittag beim Kaffeeklatsch mal zusammen mit meiner Frau und den Kindern in Ruhe reinschauen…"

Ebers betätigte die Funkmaus, die er in der Hand hielt. Auf der Leinwand wechselte das Bild zunächst zu einer Nahaufnahme des Gesichtes von Oskar Gräfe, dann zu dem zugezogenen Kabelbinder um seinen Hals und schließlich zu ein paar Innenaufnahmen seiner unordentlichen Wohnung.

„Die Spurensicherung läuft noch. Die Leiche ist in der Gerichtsmedizin.
Erste Info bisher: Todeszeitpunkt zwischen 00:30 Uhr und 01:00 Uhr.
Der Kabelbinder ist genau dieselbe Sorte wie bei den vier anderen Fällen. Etwa 40 Zentimeter lang und einen Zentimeter dick, von der Firma „ROPAKAS".

Wir hatten da schon öfters nachgehakt und jetzt endlich ein paar mehr Infos. Man kriegt die Dinger nicht im Baumarkt. Das Zeug wird in genau dieser Form erst seit etwa zwei Jahren in Polen hergestellt und in Deutschland nur von zwei Großhändlern vertrieben.

Ein Laden ist in Augsburg und der andere in Dortmund. Die verkaufen beide nur an Elektrofachgeschäfte.

Ich habe gerade noch mal in Dortmund angerufen und jetzt endlich eine Liste bekommen, wer diese Kabelbinder gekauft hat. Allein im Märkischen Kreis sind das 34 Installationsgeschäfte.

Insgesamt sind es 289 Elektroläden in Deutschland, wenn man die Zahlen aus Augsburg mit dazu nimmt…"

Das war erst mal alles, was ich an Neuigkeiten habe."


Jetzt war wieder Markus Peters an der Reihe: „Danke Gerd. Fahr jetzt lieber nach Hause und penn' dich erst mal aus.

OK, die Aufgabenverteilung bleibt fast wie bisher.

Die Lenneufer werden von allen verfügbaren Streifenwagen abgesucht. Wir müssen unbedingt die Kleidung und nach Möglichkeit auch das Handy von Gräfe finden. Das ist mit den Leitstellen schon abgesprochen.

Um die Internetkleinanzeigen und die Telefondaten kümmern wir uns hier. Es gibt jetzt schon eine Standleitung für die Gerichtsbeschlüsse.

Um 11:00 Uhr müssten sich zwei Gruppen der Wuppertaler Einsatzhundertschaft in Altena auf der Wache melden."

Dann schaute er zu Erik, Bernd und Beate.
„Die Werdohler Kollegen werden sie dort in Empfang nehmen und für die Anwohnerbefragungen einweisen. Bodo Klein hat heute Morgen schon einen kompletten Fragenkatalog ausgearbeitet, der jedes Mal komplett durchgegangen werden muss."

Erik nickte zufrieden. Bisher mussten sie die Anwohner an den Lenneufern immer selbst befragen. Das war seiner Meinung nach eine zeitraubende und stupide Arbeit, die bisher noch nie zu hilfreichen Ergebnissen geführt hatte.

Aber Markus Peters war mit seinen Ausführungen noch nicht fertig.
Jetzt schaute er speziell Erik an: „Da ja jetzt die Wuppertaler euren Job machen, könnt ihr nach der Einweisung die Elektrogeschäfte im Kreis abklappern.

Holt euch die Liste und den Fragenkatalog bei Bodo ab."

Erik lächelte gequält und versuchte, begeistert zu wirken.

Dann wandte sich Peters noch einmal an alle Mitglieder der Mordkommission: „Von meiner Seite aus war es das erstmal. Sobald weitere Infos da sind, bekommt ihr sie per Mail.

Los, findet sie !"

## Rundreise

Bernd holte sich bei Polizeihauptkommissar Bodo Klein eine Liste der zu überprüfenden Elektroinstallationsbetriebe und eine Kopiervorlage des Fragenkataloges für die Anwohnerbefragungen.

Klein, der normalerweise seinen Dienst auf der Leitstelle des Polizeipräsidiums Hagen versah, war ebenfalls zur Mordkommission ‚Domina' abgeordnet worden und fand hier unter Anderem Verwendung als Schriftführer.

Erik, Bernd und Beate verabschiedeten sich, um ihre nächste Aufgabe, die Einweisung der Wuppertaler Kollegen, zu erfüllen.

Sobald sie im Dienstwagen saßen, wurden sämtliche Fenster heruntergelassen und Rauchwolken quollen heraus.

Auch Beate outete sich als Raucherin und schnorrte bei Bernd eine Zigarette, da sie ihre eigenen eigentlich zu Hause gelassen hatte, um einen guten Eindruck zu hinterlassen. Da sie zwar gerade den Ausführungen von Gerd Ebers und Markus Peters genau zugehört hatte, ihr aber noch viele Informationen über den Fall fehlten, platzte sie fast vor Neugier und hatte jetzt ein paar Fragen:

„Wir suchen jetzt also eine perverse Elektrikerin mit Peitsche?"

Erik stimmte ihr zu: „Genau, oder halt eine Perverse mit Peitsche, die einen Elektriker kennt…"

„Kann denn eine normale Frau überhaupt jemanden mit einem Kabelbinder erwürgen? Dafür braucht man doch bestimmt viel Kraft." Beate fand den Fall bisher sehr merkwürdig.

Jetzt beteiligte sich auch Bernd an der Diskussion: „Die Männer wurden auch nicht wirklich erwürgt. Man muss den Kabelbinder gar nicht so fest zuziehen können, bis die Luftröhre eingequetscht ist. Es reicht, wenn die Adern im Hals zugedrückt sind, die das Gehirn mit Blut versorgen. Dafür braucht man nicht viel Kraft. Die Kerle werden dann ganz schnell bewusstlos. Nach ein paar Minuten setzt das Hirn und auch der Herzschlag aus. Das war's dann…"

„Und das lassen sich die Männer einfach gefallen?" Beate konnte sich die Situation auch mit aller Fantasie nicht vorstellen.

Bernd wurde deutlicher: „Wenn die Dame dabei schöne Sachen mit ihnen macht…"

„Indem sie die Typen auspeitscht?"

„Manche finden's scheinbar geil. Wer so bekloppt ist, schwimmt bestimmt auch gern nackig in der

Lenne." Eriks Zusammenfassung ließ erstmal keine Fragen mehr offen.

Die Polizeiwache Altena war im hinteren Bereich eines großen Kaufhauses, welches über die Fußgängerzone erreichbar war, untergebracht. Der Zugang zur Wache erfolgte aber über eine Seitenstraße, die mit erheblicher Steigung die Lenneuferstraße mit der höher gelegenen Fußgängerzone verband. Daher musste man nach dem Passieren des Wacheingangstür entweder die Treppe hinauf gehen oder konnte, wenn er gerade einmal nicht defekt war, den Fahrstuhl verwenden, um die eigentliche Wache zu erreichen.

Erik, Bernd und Beate hatten vor dem Eingangsbereich der Wache geparkt. Bernd betätigte die Türglocke und begann gleichzeitig, freundlich in einen kleinen Spiegel zu winken, der von außen mit einer Metallstange so vor dem Fenster der Wache angebracht war, dass der Eingangsbereich vom Funktisch aus mit einem Blick durch das Fenster eingesehen werden konnte. Als nach einigen Sekunden ein Summton ertönte, drückte Bernd gegen die Tür und sie ließ sich öffnen.

Die Drei stapften die Treppenstufen hoch und standen nach kurzer Zeit vor einer Art Theke. Dahinter befand sich der Funktisch, an dem Susanne Ruland saß. Sie hatte einige Formulare vor sich ausgebreitet, die sie gerade mit einem

Kugelschreiber ausfüllte. Dann schaute sie auf und lächelte die drei Kollegen aus Werdohl freundlich an.

„Hi. Wir hatten schon Schiss, dass ihr nicht kommt. Gleich ist hier die Hölle los und wir wissen nicht, was wir mit den Hammerwerfern aus Wuppertal anfangen sollen."

„Hallo Susi. Ich hab' dich auch lieb" antwortete Erik. Dann ging er durch eine kleine Schwingtür, die nur so hoch war wie die Theke. Die beiden anderen folgten ihm.
Susanne schaute zu Beate. „Hallo, ich bin Susanne. Haben dich die beiden Idioten sehr genervt?"

„Bis jetzt waren sie ganz nett", fand Beate.

Jetzt meldete sich auch Bernd zu Wort: „Das ändert sich gerade. Jetzt muss ich unsere Praktikantin erst mal etwas dressieren…

Liebe Beate, wenn du im Flur nach links gehst, findest du zwei Kaffeemaschinen. Bring' die mal schnell beide an den Start.
Und danach brauchen wir 25 Kopien von diesem literarischen Meisterwerk und vom Stadtplan" Er hielt Beate den von Bodo Klein liebevoll ausgearbeiteten Fragenkatalog mitsamt Kartenmaterial vor die Nase.

Beate schnitt eine Grimasse, zog ihm die Papiere wortlos aus der Hand und trottete dann in Richtung

Kaffeeküche. Sie fühlte sich aber eigentlich nicht wirklich mies behandelt.

Als ihr damals mitgeteilt wurde, dass sie ihre Praktikumszeit beim Kriminalkommissariat Werdohl verbringen würde, hatte sie sich einen langweiligen Schreibtischjob vorgestellt.

Aber jetzt war sie fast Mitglied einer Mordkommission, die offenbar eine verrückte und perverse Serienmörderin jagte.

Da konnte sie es problemlos verschmerzen, auch mal Kaffee zu kochen und ein paar Papiere zu kopieren.

Bernd zog seine Geldbörse aus der Jacke, nahm einen 10€-Schein heraus und drückte ihn Susanne in die Hand.

„Hier, für den Kaffee."

„Du gibst einen aus? Das ist ja nett." Die Stimme kam aus Richtung des Umkleideraumes. Bernd drehte sich um. Im Türrahmen stand Alexander Neubert, der Wachdienstführer.

„Hi, Alex. Es wäre ja etwas plump, ihr in der Öffentlichkeit den Schein ins Höschen zu schieben, oder?"

„Stimmt auch wieder.
So, Susi, schnapp' dir Freddi und dann kümmert ihr euch mal weiter um die Lenneufer. Irgendwo müssen ja die Klamotten von diesem nackten Bademeister sein. Gleich haben wir eh nicht mehr

genügend Parkplätze. Wir lassen euch auch Kaffee übrig."

Olaf Frederikson hatte schon zugehört. Er kam aus dem Aufenthaltsraum und nahm seine Dienstjacke vom Garderobenhaken. Auch Susanne holte ihre Jacke.

Bernd hatte noch etwas auf dem Herzen: „Susi-Schatz, tust du mir einen Gefallen?"

Susi-Schatz schaute ihn etwas genervt an: „Was denn, liebster Bernd?"

„Ich bin mir nicht sicher, ob sie die Kerle wirklich nur am Ufer kalt macht. Wenn nicht, schleppt sie sie bestimmt nicht ein paar hundert Meter bis zur Lenne…"

„Und was habe ich damit zu tun?"

Wenn ihr ja eh schon die Gegend nach den Klamotten absucht, könnt ihr dann auch mal in den Fabrikruinen nachschauen?"

Susanne Ruland verdrehte die Augen: „Wenn wir ganz viel Langeweile haben, bestimmt…"

„Das wäre echt süß von euch."

Dann nickte die Streifenbesatzung den Werdohler Beamten zum Abschied zu und verließ die Wache.

Erik schaute sich um. Außer Alexander war kein Beamter der Altenaer Polizeiwache mehr zu sehen. „Seid ihr wieder nur zu dritt?"

„Im Augenblick fast immer. Lutscher und Jonas machen immer noch auf krank. Aber ab morgen müssen wir wegen euren Nacktschwimmern auf zwei Wagen umplanen und kriegen noch Andy aus der „Cäsar" dazu."

Gemeint war, dass in Zukunft eine zweite Streifenwagenbesatzung eingeplant werden sollte. In diesem Fall waren im Bereich Altena zusammen mit dem Wachhabenden fünf Beamten für den Wachbetrieb erforderlich. Da die Dienstgruppe B aufgrund der erkrankten Mitglieder dafür aber unterbesetzt war, würde ihnen ein zusätzlicher Beamte aus der Dienstgruppe C zugeteilt.

Ein paar Minuten später klingelte es erneut an der Wachtür. Alexander schaute kurz aus dem Fenster und betätigte dann den Türöffner für die 20 Wuppertaler Kollegen.

Kurz darauf wimmelte die kleine Wache nur so vor Polizeibeamten, die damit beschäftigt waren, die Toiletten zu benutzen, Kaffee zu trinken, in Stadtpläne zu schauen, private und dienstliche Gespräche zu führen und Notizen zu machen.

Als die zwei Gruppen der Einsatzhundertschaft das Gebäude endlich wieder verlassen hatten, um im

Stadtgebiet ihre Aufgaben zu erfüllen, war es bereits 11:58 Uhr.

Erik, Bernd und Beate verabschiedeten sich nun auch und stiegen in ihren Golf um nun endlich die Liste der Elektroinstallationsunternehmen abzuarbeiten. Da sie ja gerade in Altena waren und sich dort eines der gelisteten Unternehmen befand, begannen sie dort auch.

Als der zivile Dienstwagen auf den Betriebshof von „Elektro-Anlagen Möller," fuhr, befand sich dort kein anderes Fahrzeug.
Die drei betraten das Büro durch die geöffnete Glastür. Karl-Heinz Möller, Inhaber der Firma saß am Schreibtisch und hatte eine Zeitung vor sich ausgebreitet. Interessiert schaute er auf.

„Mahlzeit! Was kann ich für tun?

Bernd hielt kurz seinen Dienstausweis hoch: „Schiller, Kriminalpolizei."

„Wow, habe ich was verbrochen?" Möller schien überrascht über den Besuch zu sein.

„Sie haben im Februar bei Firma Hering Material bestellt…"

„Ist das ihr Ernst? Ich bestelle fast jede Woche Klamotten bei Hering…."

„Das kann gut sein. Aber es geht um 100 große Kabelbinder, 40 Zentimeter lang, Hersteller ist Fa. ROPAKAS."

„Die hab' ich bestimmt mal bestellt. Aber was wollen Sie jetzt damit? Braucht Ihre Wache ,ne neue Elektrik?"

Jetzt musste Bernd doch etwas deutlicher werden.

„Eine neue Elektrik könnte uns bestimmt nicht schaden. Aber es geht darum, dass mit genau solchen Kabelbindern ein paar erhebliche Straftaten begangen wurden. Wir müssen jetzt herausfinden, wo der Täter diese Dinger her hat..."

„Wir haben dieses Jahr noch gar keinen Auftrag gehabt, bei dem wir so große Kabelbinder gebraucht haben. Die nehmen wir nur bei Installationen in richtig großen Fabrikhallen. Also müssten sie noch im Lager herum liegen."

Jetzt mischte sich auch Erik ein: „Können wir sie mal sehen?"

Möller stöhnte: „Dann muss ich die Teile erst mal suchen. Wissen Sie, wie lange das dauert?"

Erik blieb hartnäckig: „Gleich wissen wir es bestimmt...."

Karl-Heinz Möller seufzte. „Kommen Sie mal mit", sagte er und trottete gefolgt von den drei Polizisten über den Hof zum Rolltor des Lagers.

Er zog es hoch, betätigte einige Lichtschalter und wartete dann ein paar Sekunden, bis die zunächst flackernden Leuchtstoffröhren ein gleichmäßiges Licht abgaben. Zielstrebig ging er auf ein Regal im hinteren Bereich des großen Lagerraums zu. Dort zog er mehrere verschlossene Kartons aus dem Regal, schaute kurz auf die Etiketten und schob sie dann wieder zurück. Insgesamt brauchte er fünf Versuche, bis er die richtige Schachtel fand.

„OK, das sind sie. Noch original versiegelt, alle da." Er reichte den länglichen Karton Erik. Der überprüfte zunächst auch das Etikett. „Darf ich ihn aufmachen?"

„Klar."

Erik knibbelte mit seinem Daumennagel das Papiersiegel ab und klappte den Deckel auf. Dann zog er einen langen Kabelbinder heraus und betrachtete ihn genau.

„Alles ok. Genau solche Kabelbinder sind gemeint. Aber hier fehlen wohl keine."

Dann drückte er Möller die Kiste in die Hand und die drei Ermittler verabschiedeten sich.

Sie stiegen in den Wagen und machten sich auf den Weg zum nächsten Geschäft.

Bernd strich „Elektro-Installationen Möller" feierlich von der Liste.

„Jetzt sind es nur noch 33. Der nächste Laden ist in Lüdenscheid. Das wird eine echt schöne Rundreise. Dafür brauchen wir bestimmt die ganze Woche…"

# Müde

Inzwischen war es 02:10 Uhr am Mittwoch Morgen.

Mark wartete auf seine Herrin. Er stand komplett nackt mit dem Gesicht und den Handflächen an eine Betonwand gelehnt. Um das rechte Fußgelenk war eine Kette gebunden, die mit einem Vorhängeschloss fixiert war. Er hatte das Schloss auf Anweisung der Herrin zugedrückt, obwohl er gar keinen Schlüssel dafür hatte.

Das andere Ende der Kette war etwa zwei Meter neben ihm mit einem Stapel aus angerosteten Baustahlmatten verbunden. Diese Stahlgitter waren so schwer, dass er sie selbst auf keinen Fall bewegen können würde. Daher hoffte er sehr, dass seine Herrin auch wirklich kommen und ihn später befreien würde.

Mark stand nun schon seit fast zwei Stunden unbekleidet im Erdgeschoss des Rohbaus. In ein paar Monaten sollte das neue Parkhaus feierlich eröffnet werden, aber bisher gab es nur nackten Beton und Pfützen.

Dann war es so weit. Die Schritte seiner Herrin hallten laut von den kahlen Wänden zurück. Einige Schritte hinter ihm blieb sie stehen.

„Du drehst dich nicht um. Schau weiter zur Wand," ordnete die etwas heisere weibliche Stimme in scharfem Befehlston an.

„Ja, Herrin." Mark versuchte, jede Bewegung zu vermeiden. Er wusste nicht, was hinter ihm geschah. Es klang so, als ob ein Reißverschluss geöffnet wurde. Danach konnte er ein paar Geräusche vernehmen, die darauf schließen ließen, dass die Herrin sich entkleidete.

Kurz darauf hörte er, wie sie ihm näher kam und spürte kurz darauf etwas Weiches und Warmes auf dem Rücken zwischen seinen Schultern. Er wusste, dass sie nun direkt hinter ihm stand und ihre nackten Brüste von hinten an ihn heran presste. Er konzentrierte sich auf dieses unglaubliche Gefühl.

Seine Herrin war offenbar mindestens so groß wie er. Er spürte ihr Gesicht direkt an seinem rechten Ohr. Dann blies sie ihm Zigarettenqualm über die Schulter. Die Betonwand warf den Rauch zurück, der daraufhin direkt in seinem Gesicht landete. Ein Husten konnte Mark noch gerade eben unterdrücken.

Etwas heiser flüsterte sie ihm leise ins Ohr: „Gefällt dir das?"

„Ja, Herrin, es ist unglaublich schön."

Dann griff ihre rechte Hand um seine Hüfte herum und krallte sich direkt sein erregiertes Glied.

Mark stöhnte vor Erregung.

Seine Herrin umfasste seinen Penis und schob die Vorhaut ein paar Mal vor und zurück.
Gleichzeitig spürte Mark auf der linken Schulter ein schmerzhaftes Brennen. Sie drückte dort gerade in aller Ruhe ihre Zigarette aus. Er schrie laut auf.

Sie trat daraufhin sofort ein paar Schritte zurück: „Du winselnder Schlappschwanz!"

„Es tut mir leid, Herrin", entschuldigte er sich.

Kurz darauf spürte er den ersten Peitschenhieb auf dem rechten Schulterblatt.
Mark biss die Zähne zusammen und versuchte, dieses Mal die Folter zu ertragen und dabei keine Geräusche von sich zu geben.
Immer wieder klatschten die Lederbänder fest auf seinen Rücken.

Nach etwa 20 Schlägen hörte die Dame auf. Sie trat wieder näher und presste erneut ihre Brüste zwischen seine Schultern. Dieses Mal konnte er sogar die harten, erregten Brustwarzen spüren. Er hörte, wie sie leise in sein Ohr stöhnte. Es klang unglaublich sinnlich. Dann fühlte er etwas um seinen Hals. Da zog sich eine Art Schnur oder Riemen immer enger zusammen.

„Bleib' ganz ruhig", flüsterte sie ihm ins Ohr, griff erneut nach seinem harten Penis und begann, darunter seinen Hodensack zärtlich zu kraulen.

„Macht dich das geil?"

„Oh ja, Herrin!"

Er fühlte, wie ihre geschickten Finger zärtlich mit seinen Hoden spielten.
Dann griff sich die Herrin erneut sein Glied und schob wieder die Vorhaut rhythmisch vor und zurück.
Mark begann, müde zu werden.

Ihre Hand bewegte sich immer schneller, bis er zum Höhepunkt kam. Er spürte, wie sein Sperma aus der Eichel spritzte. Dann zog seine Herrin ihre Hand zurück.
Kurz darauf hörte er ein gieriges Schleckgeräusch direkt neben seinem Ohr. Sie schien sich genüsslich den Samen von ihren Fingern zu lecken.

Inzwischen konnte Mark gegen die Müdigkeit nicht mehr ankämpfen. Langsam wurde ihm schwarz vor Augen und er sackte zu Boden.

# Verabredung

Bernd, Erik und Beate wirkten inzwischen etwas gelangweilt und müde. Sie saßen mal wieder gemeinsam mit den anderen Mitgliedern der Mordkommission im großen Sitzungssaal des Polizeipräsidiums Hagen.

Inzwischen war es 10:15 Uhr am Mittwoch Morgen und sie lauschten bereits seit über einer Stunde dem Vortrag von Claudia Mertens, einer Beamtin der Kriminalwache, die berichtete, wie sie am frühen Morgen zu einem Leichenfund im Rohbau einer Werdohler Tiefgarage gerufen worden war und welche Maßnahmen sie ergriffen hatte. Bei dem Toten handelte es sich um den 42 jährigen Mark Henning.

Nachdem sie endlich ihre Ausführungen beendet hatte, meldete sich Markus Peters wieder zu Wort:

„Ok, inzwischen können wir also nicht mal mehr davon ausgehen, dass sie ihre Opfer hinterher in den Bach schmeißt.

Jetzt sollten erstmal alle auf den aktuellen Stand der Ermittlungen gebracht werden.

Bodo, wie weit seid ihr mit den Telefonverbindungen und den Kleinanzeigen?"

Bodo Klein hatte schon auf diese Frage gewartet:

„Wir haben uns ein Verbindungsprotokoll für Oskar Gräfes Festnetz und Handy geholt. Mit dem Handy hatte er am Samstag und am Sonntag jeweils einmal eine Mobilfunknummer angerufen, die auch in einer Internetkleinanzeige aufgeführt ist. Die Anzeige wurde am Freitag bei „FRICKELMARKT" online gestellt. Es war wieder dieser typische „Brauchst Du eine Herrin, die Dir sagt, wo's lang geht?"-Text, genau wie bei den anderen Opfern.

Die Anzeige wurde von einem Handy-Browser geschaltet mit einer Prepaid-SIM-Karte, die mit Fantasie-Adresse registriert wurde.

Die Nummer die Gräfe angerufen hatte, gehört auch zu genau dieser SIM-Karte.

In den letzte Tagen gab es von dieser Karte aus auch kein Handy-Signal.

Wir könnten sie also nicht mal orten, wenn wir es rechtlich durchkriegen würden und kommen wie immer kein Stück weiter.

Vermutlich ist die SIM-Karte schon längst im Müll."

„Toll, das hilft uns weiter. Wie sieht es mit den Kabelbindern aus?" Peters schaute jetzt gezielt Bernd an.

„Wir haben gestern extra einen zweiten Wagen besorgt und uns aufgeteilt, damit wir schneller vorwärts kommen. Inzwischen haben wir 21 Elektroläden durch.

Bis jetzt gibt es zwei Betriebe, die noch nicht richtig nachweisen können, wo ihre Kabelbinder gelandet sind. Angeblich kriegen wir im Laufe der Woche noch Rechnungen, mit denen sie es belegen können. Eigentlich wollten wir heute die restlichen Läden schaffen…"

„Das werdet ihr auch. Im Notfall macht ihr halt ein paar Überstunden…"

Gegen 11:10 Uhr verließen sie das Polizeipräsidium. Erik und Beate stiegen in ihren Golf. Für sie ging die Fahrt nach Plettenberg, wo sich drei der Elektro-Installations-Betriebe befanden, die noch überprüft werden mussten.

Bernd setzte sich in einen Streifenwagen, der ihm seit dem Vortag für die Ermittlungen überlassen worden war. Bevor auch er losfuhr, um seine Aufgaben zu erledigen, zog er sein Smartphone aus der Jackentasche. Er begann, mit dem mobilen Browser nach einer bestimmten Kleinanzeige zu suchen. Es dauerte nicht lange, bis er drei Anzeigen gefunden hatte, die passen könnten. Er wählte die Erste der zu einer der Anzeigen gehörigen Mobilfunknummern.
Nach kurzer Zeit wurde das Gespräch angenommen: „Hallo?"

Bernd legte auf, da er die Stimme nicht kannte. Der zweite Versuch war erfolgreicher. Obwohl er die Telefonnummer gerade zum ersten Mal wählte, meldete sich am anderen Ende der Leitung ein ihm wohl bekannte, weibliche Stimme.

„Ja?" Wie Bernd es gewohnt war, klang sie etwas heiser.

„Hier ist Bernd.
Herrin, habt Ihr Zeit für ein Treffen? Seit dem letzten Mal muss Ich ständig an Euch denken..."

Die Herrin blieb erstmal stumm. Bernd konnte sie nur leise atmen hören.

Nach etwa dreißig Sekunden antwortete sie endlich: „Ok, wir treffen uns Morgen um Mitternacht in Altena, im Hünengraben, direkt an der Lenne. Sei pünktlich." Dann beendete sie das Gespräch ohne sich zu verabschieden.

Bernds Handflächen wurden etwas feucht. Der Gedanke daran, dass diese Verabredung direkt am Flussufer stattfinden würde, beunruhigte ihn sehr.

Er begann, die Bilder der Wasserleichen vor Augen zu sehen, die in den letzten Wochen aus der Lenne gezogen wurden und überlegte, wie überrascht wohl seine Kollegen sein würden, wenn Sie Übermorgen Bernd Schiller unbekleidet, ausgepeitscht und leblos auf einer Kiesbank im Fluss finden würden.

Als ihm dann aber der Gedanke kam, dass erst vor ein paar Stunden Mark Hennings Leiche in einer halb fertig gestellten Tiefgarage entdeckt worden war, machte ihm der Ort der Verabredung nicht mehr so viele Sorgen.

Er begann sich zu fragen, warum er selbst überhaupt noch lebte, nachdem er sich ja am Freitag mit dieser offenbar wahnsinnigen Serienmörderin in einer Fabrikruine getroffen und sie dort ihre perversen Spiele mit ihm gespielt hatte.

Dass seine Herrin ihn irgendwie besser leiden konnte oder erotisch anziehender fand als ihre anderen Sklaven, konnte er sich nicht vorstellen. Die bisherigen Opfer waren sowohl vom Alter als auch von der Statue sehr unterschiedlich. Es war aber auf jeden Fall auch der eine oder andere Mann dabei, dessen Körperbau erheblich athletischer war als Bernds.

Vielleicht gehörte es ja auch zu ihrem Ritual, sich mehrmals mit ihren Opfern zu treffen, bevor sie ihnen das Lebenslicht auslöschte.

Gedankenversunken startete Bernd den Motor des Streifenwagens, zündete sich eine Zigarette an und fuhr los.

Er hatte für heute noch ein paar Betriebe in Menden und Iserlohn zu überprüfen. Der Tag würde bestimmt noch lang werden.

## Noch mehr Verabredungen

Erik legte den Fahrstufenschalter des Automatikgetriebes auf „P". Dann schaltete er die Zündung aus und schaute auf seine billig wirkende Armbanduhr mit Kunststoffgehäuse. Es war schon 15:48 Uhr und sie hatten noch immer 4 Elektro-Installations-Betriebe vor sich. Vor 19:00 Uhr würden sie heute bestimmt nicht zurück auf der Wache sein.

Er seufzte, warf seinen Zigarillo in den Bordaschenbecher und stieg aus. Beate folgte ihm wortlos.
Erik öffnete die Glastür des Geschäftes „Elektro Meinert" und ließ Beate den Vortritt. Bisher hatten sie sich bei den Befragungen abgewechselt und jetzt war wieder Beate an der Reihe.
Nach ein paar Schritten standen die Beiden vor der Verkaufstheke. Der Frontbereich des Gebäudes war zu einem Fachgeschäft ausgebaut, in dem man vom Rasierapparat bis zur Waschmaschine nahezu alle elektrischen Geräte kaufen konnte. Gleichzeitig wurden hier aber auch Reparatur- und Installationsaufträge entgegengenommen.

Sofort kam eine ca. 50 jährige Frau aus einem Lagerraum, der sich hinter der Theke befand und fragte freundlich: „Guten Tag. Wie kann ich ihnen helfen?"

Beate versuchte, die Angelegenheit so schnell und einfach wie möglich zu klären: „Guten Tag. Schnitzler ist mein Name. Ich bin von der Kriminalpolizei Werdohl und wir ermitteln in einer Straftat…"

Die Verkäuferin wirkte kurz etwas überfordert, versuchte aber dann so gut wie möglich zu helfen: „Ich heiße Regina Schubert und kümmere mich hier um den Laden und um Reparaturaufträge.

Um was geht es denn? Was kann ich für Sie tun?"

„Sie haben im April bei der Fa. Hering 300 Kabelbinder bestellt, 40 Zentimeter lang, von ROPAKAS…"

„Das ist natürlich möglich. So etwas weiß ich aber nicht auswendig. Da muss ich mal in den Computer schauen."

„Das wäre nett…"

Die Verkäuferin zog ohne weitere Diskussionen die kabellose Tastatur, die auf der Theke lag, etwas näher zu sich hin, tippe etwas ein und schaute dabei konzentriert auf den Bildschirm. Nach kurzer Zeit bestätigte sie Beates. Aussage: „ Sie haben Recht. Die Kabelbinder sind am vierten April geliefert worden."

Beate hakte nach: „Und sie befinden sich noch alle im Lager?"

Die Verkäuferin schaute zur Sicherheit noch mal auf den Monitor:
„280 Stück müssten im Lager sein. 20 Kabelbinder wurden bei der monatlichen Inventur im Mai für Wagen Zwei herausgegeben..."

Jetzt wurde Beate neugierig: „Monatliche Inventur?"

Die Verkäuferin versuchte geduldig, die übliche Arbeitsweise von Firma „Elektro Meinert" zu erklären: „Wissen Sie. Wir sind ein großer Betrieb mit dreiundzwanzig Angestellten und acht Einsatzfahrzeugen.
Wenn man da nicht genau schaut, welcher Mitarbeiter welche Materialien aus dem Lager nimmt und wofür er sie verbraucht, kann man ganz schnell Insolvenz anmelden.
Es gibt genaue Materiallisten dafür, was alles in den Fahrzeugen sein muss. Jeden Monat überprüft ein Elektriker seinen Einsatzwagen und ersetzt alles, was fehlt.
Im Mai hat Herr Jablonsky zwanzig dieser großen Kabelbinder auf seine Liste geschrieben und dann mit Sicherheit auch im Lager erhalten."

„Und wissen Sie auch, wo Herr Jablonsky diese Kabelbinder verbraucht hat, wenn sie ja in seinem Wagen gefehlt haben?"

„Das kann ich Ihnen so schnell leider nicht sagen. Am Besten fragen Sie ihn einfach selbst. Wagen

Zwei steht hinten im Hof. Also muss er eigentlich hinten in den Personalräumen sein…"

Beate und Erik verabschiedeten sich höflich und verließen das Geschäft. Dann gingen sie quer über den asphaltierten Hof und betraten das Lager, welches gleichzeitig Aufenthaltsraum, Toilette und Umkleidebereich für die Mitarbeiter der Firma „Elektro Meinert" war.
Direkt hinter dem Eingang führte vom Flur aus nach links eine geöffnete Tür zu einem großen Raum, der offenbar für die Pausen gedacht war. Hier saßen drei Männer auf zwei Bänken verteilt, tranken Kaffee und unterhielten sich.
Als Beate und Erik den Raum betraten, verstummten sie und schauten die beiden fragend an.
Für Beate war ihre Rolle als aktive Ermittlerin noch etwas ungewohnt, aber sie versuchte tapfer, ihre Aufgabe zu meistern:

„Guten Tag. Wir suchen Herrn Jablonsky."

Ein etwa 30 jähriger Mann stellte daraufhin seine Kaffeetasse auf eine Werkbank: „Das bin ich. Was kann ich für Sie tun?"

„Kriminalpolizei. Könnten Sie kurz mit raus kommen. Wir haben ein paar Fragen an Sie."

Lars Jablonsky folgte Beate und Erik neugierig auf den Hof.

„Herr Jablonsky. Es geht um 20 große Kabelbinder von ROPAKAS. Sie haben die im Mai im Lager neu angefordert. Also wurden ja offenbar die alten Kabelbinder dieser Sorte verbraucht…“

„Warum interessieren Sie sich für Kabelbinder?“

„Weil damit erhebliche Straftaten verübt wurden. Also, was ist jetzt mit den Kabelbindern passiert?“

Jablonsky zuckte mit den Schultern: „Das wüsste ich auch gerne. Ich habe sie nirgends eingebaut. Die Kollegen, die den Wagen sonst noch fahren, habe ich auch gefragt. Angeblich hat sie keiner raus genommen.
Irgendwann waren sie weg. Mir ist es erst bei der Inventur aufgefallen. Also habe ich sie auf den Zettel geschrieben und mir im Lager neue geben lassen.“

Beate war zwar nicht wirklich zufrieden mit der Antwort, aber sie musste es erstmal so zur Kenntnis nehmen. Sie bat Lars Jablonsky noch, ihr die restlichen 280 Kabelbinder im Lager zu zeigen, was er auch tat.

Dann verabschiedeten sich Beate und Erik und fuhren zum nächsten Geschäft auf ihrer Liste.

Nachdem endlich alle Firmen überprüft waren und sie den Dienstwagen vor der Werdohler Polizeiwache abstellten, war es bereits 19:13 Uhr.

Beate verabschiedete sich und ging die Straße hinunter bis zur Bushaltestelle.

Erik betrat die Wache und begrüßte Robert Lehmann, den Wachdienstführer der Dienstgruppe C, der mit einem Stück Salamipizza in der Hand und den mit Tennissocken bezogenen Füßen auf dem Funktisch gemütlich in seinem Sessel saß durch die Fensterscheibe mit einem Kopfnicken. Dann ging er durch den Flur zum Geschäftszimmer, hängte den Fahrzeugschlüssel an den dafür vorgesehenen Haken und füllte das Fahrtenbuch aus.
Als er sich gerade auf dem Weg zu seinem eigenen Auto machen wollte, bemerkte er, dass in Tanja Bäckers Büro noch Licht brannte. Er klopfte an und öffnete die Tür, bevor Tanja irgendwie auf das Klopfen reagieren konnte. Sie saß vor einem Stapel Akten und schaute zur Tür, als er den Raum betrat.

Tanja sah etwas müde und mitgenommen aus. Erik kannte so einen Gesichtsausdruck überhaupt nicht von ihr. Auch wenn sie üblicherweise nicht über beide Ohren strahlte, wenn sie ihn sah, wirkte sonst aber doch immer recht gut gelaunt und gelassen.

„Hi, Tanja. Was ist hier denn passiert?"

„Hi. Nichts. Ich muss nur euren Mist mit abarbeiten. Ihr macht hier ja nichts mehr außer diesem Blödsinn für die Peitschentante, die ihr dann eh wieder nicht kriegt…"

Erik fand die Antwort nicht wirklich logisch:„Stimmt schon. Aber sonst liegt dieser Müll hier auch wochenlang auf den Schreibtischen, ohne dass sich irgendwer darüber beschwert. Dafür musst du doch bestimmt keine Überstunden schieben, oder?"

„Nein, aber ich will. Ich hatte halt keinen Bock, nach Hause zu gehen..."

Erik fand, dass sich das sehr nach Ärger mit ihrem Freund anhörte und versuchte nicht ganz uneigennützig, Tanja etwas aufzumuntern: „Also, mein Angebot steht noch. Ich würde sehr gern mal mit dir ausgehen...."

Tanja schaute ihn an und lächelte etwas gequält: „Das ist echt nett von dir. Aber gleich muss ich auch los. Um Acht hab' ich Zumba mit meiner Gruppe."

Erik konnte das nicht wirklich nachvollziehen, da er sich seit mindestens drei Jahren vor jeder sportlichen Betätigung erfolgreich gedrückt hatte, abgesehen vom Schauen diverser Fußballbundesligaspiele mit einer Bierflasche in der Hand.
Verständnisvoll nickte er: „Das solltest du natürlich auf keinen Fall verpassen. Aber vielleicht hast du ja ein anderes Mal Zeit..."

Er ging davon aus, irgendeine belanglose oder verletzende Antwort zu bekommen, aber dieses Mal lag er falsch.

Sie antwortete recht nüchtern: „Am Freitag hätte ich Zeit. Dann können wir ja nach Feierabend mal was zusammen machen."

„Cool. Ich seh' zu, dass ich pünktlich Schluss mache."

Zufrieden verabschiedete er sich und verließ die Wache. Dann steckte er sich einen Zigarillo ins Gesicht, zündete ihn an und fuhr nach Hause.

Beate schaute auf die Uhr. Inzwischen war es 19:58 Uhr und sie saß immer noch im Linienbus nach Iserlohn.

Sie betätigte die Wahlwiederholung auf ihrem Handy und rief Carsten an, mit dem sie eigentlich für 20:00 Uhr verabredet war. Sie hatte ihn vor zwei Tagen auf der Geburtstagsfeier einer Klassenkameradin kennen gelernt und fand ihn unheimlich süß. Bisher hatten sie sich zwar nur recht oberflächlich unterhalten, aber immerhin waren sie ja für heute verabredet.

„Taschner Autoverwertung" meldete sich jemand am anderen Ende der Leitung. Es war aber eindeutig Carstens Stimme.

„Hi, hier ist Beate. Meldest du dich immer so auf deinem privaten Handy oder drehst du gerade durch?"

„Oh, ‚tschuldigung. Hallo Beate. Mich haben heute so viele Leute am Telefon genervt, dass ich wohl etwas neben der Spur bin…"

„Hör' mal. Ich schaff' es nicht bis acht Uhr. Ich bin bestimmt erst um halb neun da. Dann ist das mit dem Kino wohl gelaufen…"

„Mal schauen. Wenn dann nichts Vernünftiges mehr läuft, müssen wir uns halt was Anderes einfallen lassen."

„Ok, bis gleich.“

Beate legte auf und wartete ungeduldig, bis der Bus endlich ihre Haltestelle erreicht hatte. Als sie ausstieg, war es bereits 20:26 Uhr.

Das Gelände der „Autoverwertung Taschner“ betrat sie um 20.32 Uhr. Eigentlich war der Schrottplatz schon geschlossen, aber Carsten hatte das Tor offen gelassen. Das Fenster des in einem Wellblechcontainer befindlichen Büros war noch beleuchtet. Beate öffnete die Tür und stand kurz danach vor einer zerkratzten und abgewetzten Holztheke. Dahinter saß Carsten Taschner und lächelte sie an.

Eigentlich war es der Schrottplatz seines Vaters, aber sehr oft musste er sich allein um alles kümmern.
Sein Vater hasste Büroarbeit und stand auch mit der Computeranlage auf Kriegsfuß. Viel lieber lag er in der Halle unter einem kaputten Auto, um es zu reparieren oder weidete Schrottfahrzeuge aus. Für heute hatte er aber schon Feierabend gemacht und der Schrottplatz war abgesehen von Beate und Carsten völlig menschenleer.

Carsten stand auf und stellte sich direkt vor Beate: „Hi. Ich hab' gerade noch mal ins Kinoprogramm geschaut. Vor elf Uhr kommt jetzt nicht mehr.“

„Tut mir leid. Ich war erst viertel nach sieben zurück auf der Wache und die Busse fahren so Scheiße.“

„Macht ja nichts. Dann müssen wir die Zeit solange anders rum kriegen..."

Beate schaute ihn gespannt an: „Und wie?"

Carsten streichelte ihr vorsichtig mit der Hand über die linke Wange: „Da fällt uns bestimmt etwas ein..."

Beate hatte gehofft, dass er ihr etwas näher kam und wollte nicht mehr länger warten. Sie griff mit beiden Händen nach seinem Kopf und zog ihn direkt vor ihr Gesicht. Dann presste sie gierig ihre Lippen auf seinen Mund.
Carsten wehrte sich nicht im Geringsten. Er öffnete seinen Mund etwas und schob dann langsam seine Zunge zwischen Beates Lippen. Sie machte sofort dasselbe und ein paar Sekunden später schleckten sie sich gegenseitig mit ihren nassen Zungen durch den kompletten Mundraum.
Etwas später spürte Beate, wie Carstens Hand über ihrer linken Brust auf dem T-Shirt landete. Zunächst berührte er sie dort ganz vorsichtig, griff aber dann gierig zu, da sie sich nicht gegen die Berührung gewehrt hatte.
Sie genoss seine knetenden Finger über ihrem Busen und hob langsam ihr rechtes Knie an, bis sie durch den dünnen Stoff ihrer Stretchhose deutlich sein steifes Glied auf ihrem Oberschenkel fühlte.

Nachdem Carsten ihren Schenkel zwischen seinen Beinen wahrnahm, konnte er sich nicht mehr bremsen. Er löste seine Hand von ihrer Brust und ließ sie auf dem T-Shirt-Stoff über ihren Bauch nach unten gleiten. Dann schob er die Hand unter das T-Shirt und bewegte sie wieder nach oben. Geschickt tauchten seine Finger unter Beates BH und streichelten dann wieder über die linke Brust. Dieses Mal befand sich aber kein störender Stoff dazwischen. Das Gefühl seiner warmen, von der Arbeit etwas rauen Finger erregten Beate so stark, dass sie begann, leise direkt in Carstens Ohr zu stöhnen.

Als er das hörte, ließ er hastig den großen weichen Busen, der sich so gut anfühlte los, zog seine Hand zurück und fasste dann mit beiden Händen um Beates Hüfte. Mühelos hob er die junge Frau hoch und setzte sie vor sich auf die Verkaufstheke. Dann schob er ihr T-Shirt mit beiden Händen nach oben bis der Stoff durch Beates Achseln gestoppt wurde. Da das T-Shirt eh etwas eng saß, rutschte es über ihre üppige Oberweite auch nicht wieder herunter.

Dann schob Carsten auch den störenden BH nach oben und hatte endlich freie Sicht auf Beates großen Busen. Ihre Brustwarzen waren vor Erregung schon ganz hart geworden.
Der junge Automechaniker griff gierig mit beiden Händen zu. Er streichelte und knetete die Brüste ausführlich. Danach beugte er seinen Kopf vor und begann, die rechte Brustwarze der jungen Polizistin zärtlich mit seiner Zunge zu umkreisen. Danach nahm er den Nippel zwischen die Lippen und begann, vorsichtig daran zu saugen.

Dasselbe wiederholte er kurz darauf mit Beates linker Brustwarze.

Sie genoss die Behandlung und hob erneut vorsichtig ihr rechtes Bein an. Dieses Mal spürte sie seinen harten Penis direkt an ihrem Knie.

Carsten ließ von der Brustwarze der jungen Frau ab und schubste dann mit beiden Händen einfach ihren Oberkörper zurück, bis sie auf der Theke lag.

Dann griffen seine Hände in ihren Hosenbund und zogen die Strechjeans, die durch keinen Gürtel gesichert war, langsam herunter. Kurz darauf machte er dasselbe mit Beates schwarzem Slip.

Wie hypnotisiert starrte Carsten gierig auf ihre glatt rasierte Vagina. Beate hatte nur im vorderen Bereich einen schmalen Streifen Schamhaare stehen lassen. Die Schamlippen glänzten nass. Der Anblick brachte den jungen Mann fast um den Verstand.

Er fasste ihre Beine an den mit hellblauen Söckchen überzogenen Fußgelenken und drückte sie langsam auseinander, bis sich auch Beates Schamlippen immer weiter öffneten.

Dann kniete er sich vor die Theke. So war sein Mund auf genau der richtigen Höhe, um Beates Intimbereich ausgiebig zu verwöhnen.

Beate legte ihre Beine um Carstens Schultern und schlang sie fast um seinen Hals.

Da er nun wieder die Hände frei hatte, benutzte er sie auch. Vorsichtig schob er mit deinen Fingern ihre Schamlippen auseinander und begann, seine Zunge langsam dazwischen zu schieben. Die Zungenspitze wanderte an den Innenseiten der Schamlippen gierig rauf und runter und sammelte jedes Tröpfchen Feuchtigkeit ein, was sie kriegen konnte.

Das Glücksgefühl, welches Beate dabei empfand, war unbeschreiblich. Sie konnte nicht verhindern, dass ihr ganzer Unterleib stark zitterte.

Dann änderte Carsten die Position seiner Hände. Die Schamlippen hielt er jetzt mit Daumen und Zeigefinger der linken Hand auseinander.

Da ihm die rechte Hand nun wieder zur Verfügung stand, schob er vorsichtig seinen Zeigefinger immer tiefer in Beates Vagina hinein. Das nasse und warme Gefühl an seinem Finger machte ihn noch gieriger.

Er hörte, wie Beate begann, immer lauter und schneller zu stöhnen und wertete das als Zustimmung zu dem, was er gerade tat. Daher benutzte er von diesem Moment an zusätzlich seinen Mittelfinger.

Er fühlte zwar, das es für zwei Finger erheblich enger wurde als für einen, aber da Beate immer erregter und nasser wurde, flutschten sie problemlos tief in die Höhle hinein.

Carsten schob die Finger immer schneller vor und zurück und simulierte so einen Geschlechtsverkehr.

Beate genoss es sichtlich. Sie zitterte am ganzen Körper und schrie gelegentlich schon laut auf.

Zusätzlich begann Carsten, mit kreisenden Bewegungen seiner Zungenspitze Beates Klitoris zu umspielen. Beates Lustschreie wurden dadurch noch intensiver.
Nach ein paar Stößen mit seiner Hand wollte Carsten sich nicht mehr damit begnügen, Beate zu befriedigen. Auch er wollte seinen Spaß haben.

Daher zog er seine Finger zurück und stand auf. Er öffnete den Gürtel und die Knöpfe seiner Hose und ließ den schweren Jeansstoff einfach an seinen Beinen herunterrutschen. Dann schob er auch seinen Slip nach unten und sein harter Penis ragte waagerecht nach vorne.
Carsten setzte seine Eichel zwischen Beates Schamlippen an.

Sie schrie laut und hemmungslos: „Los, fick' mich endlich!"

Das ließ Carsten sich nicht zweimal sagen. Mit einem Ruck stieß er seinen kompletten Penis komplett in Beates enge Vagina. Beate schrie nun völlig hemmungslos und laut ihre Lust heraus.

Das nasse und warme Gefühl, welches Carsten an seinem erregierten Glied spürte, war unbeschreiblich schön.

Zunächst stieß er seinen Penis zwar immer wieder fest in die unheimlich erregte Beate hinein, ließ sich aber zwischen den Stößen einige Sekunden Zeit.

Nachdem das Glied aber ein paar Mal hinein und wieder heraus geglitten war, spürte Carsten einen so hohen Druck in seinem Hodensack, dass er unbedingt schnell zum Höhepunkt kommen wollte.

Seine Stoßbewegungen wurden immer schneller und fester.
Beate lag einfach mit dem Rücken auf der Theke und genoss laut stöhnend und schreiend Carstens hemmungslose Bewegungen.
Nach kurzer Zeit kam Carsten zum Höhepunkt.

Beate spürte, wie sein Penis wild zuckte und wie scheinbar eine gewaltige Menge Sperma aus seiner Eichel direkt in ihren Unterleib spritzte.

Zunächst ließ Carsten sein langsam etwas weicher werdendes Glied einfach, wo es war und streichelte Beates Brüste.

Dann zog er den Penis zurück, beugte sich über ihr Gesicht und küsste sie zärtlich.
Beate genoss die Küsse und schob wieder ihre Zunge in Carstens Mund.
Sie fühlte, wie langsam sein Sperma zwischen ihren Schamlippen hervorquoll, an ihren Oberschenkeln herunter lief und auf den PVC-Boden des Büros tropfte.

## Gefährliches Spiel

Bernd und Erik entspannten sich am Donnerstag Morgen in ihrem Büro, tranken Kaffee und rauchten.

Fasziniert schauten sie dabei zu, wie ihre Praktikantin am Computer saß und den Abschlußbericht zur Überprüfung der Elektro-Installationsbetriebe schrieb.
Beate konnte in beeindruckender Geschwindigkeit alle zehn Finger über die Tastatur fliegen lassen, ohne ihren Blick auch nur einmal vom Monitor abzuwenden. Auch waren in ihren Berichten grundsätzlich keine Rechtschreibefehler zu finden. Aus diesem Grund wurde sie inzwischen mit nahezu allen anfallenden schriftlichen Arbeiten betraut.

Bei drei der 34 Betriebe gab es bisher Lücken im Nachweis über den Verbleib einiger Kabelbinder. Aber so richtig half diese Information niemandem weiter. Es ließ sich bisher keine Verbindung zwischen der gesuchten Serienmörderin und einem dieser Betriebe herstellen.

In den ersten drei Tagen ihres Praktikums hatte Beate auf Bernd und Erik immer etwas zurückhaltend und mürrisch gewirkt, aber seit dem sie die letzte Nacht mit Carsten verbracht hatte, war sie richtig gut gelaunt.

Da die letzten Tage recht stressig und lang waren, trödelten die drei Ermittler heute mit Absicht. Sie wollten sich etwas von dem Stress erholen, viel Kaffee trinken und auf keinen Fall neue Aufgaben zugeteilt bekommen. Daher dauerte es offiziell bis 15:00 Uhr, bis der Bericht fertig war und per Fax Kriminalhauptkommissar Peters vorlag.

Vom Leiter der Mordkommission waren daher für diesen Tag keine neuen Ermittlungsaufträge zu erwarten.

Auch die letzte Stunde bis zum Feierabend verging, ohne dass Bernd, Erik und Beate mit neuen Aufgaben belästigt wurden.

Um 15:55 Uhr drückte Erik den letzten Zigarillo aus, den er besaß.
„Ich glaube, dass muss für heute mal reichen. Ich muss gleich noch zum Lotto-Laden. Ich habe nichts mehr zu Rauchen. Habt ihr Bock, gleich noch mit zu Hugo zu gehen?"

„Hugos Dimmer Dome" war eine ziemlich neue Kneipe in der Werdohler Innenstadt. Bernd und Erik waren gern dort nach Feierabend, da die Preise für Getränke erträglich und die Rockmusik, die dort immer im Hintergrund lief, genau nach ihrem Geschmack war.

Bernd musste heute passen: „Ne, lass mal. Ich habe nachher noch was vor."

Erik gab sich mit dieser Antwort absolut zufrieden. Die beiden kannten sich zwar schon seit ihrer Ausbildung und waren gute Freunde, aber sie waren schließlich nicht miteinander verheiratet und Niemand war dem Anderen Rechenschaft darüber schuldig, wie er seine Zeit verbrachte.

Dann schaute er Beate fragend an.

Sie nickte: „Ok, ich bin dabei."

Am Liebsten wäre sie natürlich sofort nach Feierabend wieder zum Schrottplatz gefahren, um sich mit Carsten zu treffen, aber sie wusste, dass er mit dem Abschleppwagen seines Vaters unterwegs war, um aus Bremen einen Oldtimer abzuholen, den Gerhard Taschner dort günstig in einer Internetauktion ersteigert hatte.

Die Drei verließen die Wache.

Bernd trottete allein zum Parkplatz, wo sein alter Opel Omega Caravan auf ihn wartete.

Erik ging zusammen mit Beate in Richtung Innenstadt.

Bernd schaute auf die Uhr. Es war 23:55 Uhr. Er stand am Lenneufer auf einer Mischung aus matschigem Lehm, Steinen und ein paar Büscheln Gras. Es regnete in Strömen.

Das Wetter war nicht unbedingt ideal für eine Verabredung im Freien, aber Bernd dachte nicht im Traum daran, das Treffen abzusagen.

Er trug heute statt seiner alten Lederjacke einen olivgrünen Friesennerz und hatte die Kapuze über den Kopf gezogen. Das Wasser tropfte an der vorderen Kante des Kopfschutzes direkt vor seinen Augen herunter und landete zum großen Teil direkt auf seinen bereits völlig durchnässten Turnschuhen. Dass er nicht an Gummistiefel gedacht hatte, ärgerte ihn etwas.
Er konnte nur hoffen, dass seine Herrin sich ebenfalls nicht durch das lausige Wetter vom Treffen abhalten lassen würde.

Um 0:07 Uhr ertönte endlich wieder das E-Gitarrenriff auf Bernds Smartphone.

Er nahm sofort das Gespräch an: „Ja?"

„Wo bist du?"

„Direkt am Lenneufer, Herrin."

„Schön. Jetzt geh' dorthin, wo die Kiesbank im Wasser ist. Am Ufer sind ein paar Büsche."

„Ja, Herrin."

Wie Bernd es gewohnt war, beendete die Dame das Gespräch sofort wieder.
Bernd schaute sich um.
Es war zwar mitten in der Nacht, aber um diese Jahreszeit wurde es trotz Regenschauer und stark bewölktem Himmel einfach nicht richtig dunkel.

Etwa 50 Meter flussaufwärts gab es ein größeres Gebüsch. Auf dieser Höhe gab es auch eine Kiesbank im Fluss, die auf beiden Seiten vom Wasser umspült wurde.

Diese Stelle musste seine Herrin gemeint haben. Zügig stapfte er dorthin. Seine Turnschuhe fingen immer mehr von dem Schlamm ein. Als Bernd bei den Büschen ankam, hatte er fast schon Klumpfüße.

Daher kratzte er so gut es ging an einem größeren Stein auf dem Boden, den klebrigen Lehm unter seinen Schuhsohlen weg.

Dann versuchte er, sich einen besseren Überblick über das Gebüsch zu verschaffen, vor dem er stand. Dort war es allerdings so dunkel, dass er dafür mal wieder die Taschenlampen-App seines Handys einschalten musste.
Bernd begann sich zu fragen, ob der Erfinder dieses nützlichen Programms eventuell auch die perverse Neigung hatte, sich an den dunkelsten Orten der Welt zu verabreden, um sich dort auspeitschen zu

lassen. Dafür war die App auf jeden Fall ideal geeignet.

Er leuchtete mit dem wenigen Licht, welches ihm nur zur Verfügung stand, zwischen die Büsche. Dort sah er einen umgekippten Baumstamm auf dem Boden liegen. Sofort wurde ihm klar, dass genau dieser Baumstamm der Ort des Geschehens sein würde. Er war groß und schwer und bestimmt ideal dafür, eine Fessel oder Kette so daran zu befestigen, dass der Gefesselte keine Möglichkeit haben würde, sich davon zu befreien. Er leuchtete weiter am Baumstamm entlang und fand bereits nach ein paar Sekunden genau das, wonach er suchte. Eine verzinkte Stahlkette mit geschweißten Kettengliedern war um den Stamm geschlungen.

Bernd zog leicht an der Kette und schon konnte er ein stabiles Vorhängeschloss sehen, welches die Kettenschlaufe, die um den Baumstamm geführt war, zusammenhielt. Der Rest der Kette lag auf dem Boden. Bernd zog ihn kurz in die Länge und stellte fest, dass dieses Kettenstück etwa zwei Meter lang war. Am Ende hing ein weiteres Vorhängeschloss. Dieses war geöffnet. Sollte es allerdings verschlossen werden, benötigte man zum Öffnen wohl keinen Schlüssel, sondern eine Zahlenkombination. Das ließ sich zumindest aus dem kleinen Drehknopf mit Zahlenkranz schließen, der einem beim Betrachten des Schlosses sofort ins Auge fiel.

Für weitere Gedanken zu diesem Thema blieb Bernd keine Zeit. Die nervige Gitarrenmusik seines

Smartphones machte ihm klar, dass seine Herrin ihn mal wieder zu sprechen wünschte.

„Ja?"

„Ich nehme an, dass du den Baumstamm und die Kette schon gefunden hast, oder?"

„Ja, Herrin, das stimmt."

„Schön. Dann brauchen wir ja nicht lange zu diskutieren. Du kennst das Spiel ja schon. Zieh deine ganzen Klamotten aus und setz' dich auf den Baumstamm. Dieses Mal bindest du dir aber das Kettenende um dein rechtes Fußgelenk und drückst das Zahlenschloss dann fest zu. Mach die Schlaufe am Fuß aber nicht zu locker."

Bernd hatte bereits befürchtet, genau diesen Befehl zu bekommen.
Eigentlich wusste er, dass eine Diskussion jetzt keinen Sinn machen würde, aber er konnte sich nicht verkneifen, zu fragen:
„Herrin, kann ich bei diesem Wetter nicht den Mantel anlassen?"

Eine passende Antwort kam sofort in recht scharfem Tonfall:
„Du winselndes Weichei!

Entweder, du machst genau das, was ich dir sage, oder du verpisst dich und holst dir zu Hause einen runter!"

Wie nicht anders zu erwarten war, legte Bernds Herrin dann sofort wieder auf.

Bernd seufzte kurz und zog dann den Reißverschluss seines Regenmantels nach unten.

Um 0:38 Uhr war es soweit. Bernd saß nackt im Regen und fror. Er hörte, dass sie mit zielstrebigen Schritten auf ihn zukam.
Dann raschelte vor ihm das Gebüsch und seine Herrin stand vor ihm. Sie hatte eine flackernde Petroleumlampe, die sie neben sich auf den Boden stellte. Die Beleuchtung ermöglichte ihr eine gute Sicht auf Bernd, der wie ein Häufchen Elend pitschnass vor ihr saß.
Bernd allerdings wurde durch das helle Licht, welches nun hinter der Frau leuchtete, eher geblendet als dass es ihm half, etwas zu erkennen.

Wortlos kam sie direkt zu ihm, beugte sich zu seinem rechten Fuß vor und zog kurz an der Kette, um zu kontrollieren, ob er sich auch wirklich wie befohlen gefesselt hatte.
Da das der Fall war, trat sie daraufhin wieder ein paar Schritte zurück. Sie hob Bernds Regenmantel vom Boden auf, durchsuchte ihn wie gewohnt nach der Geldbörse, der sie sämtliche Geldscheine

entnahm und ließ alles andere wieder achtlos in den Schlamm fallen.
Dann widmete sie sich wieder ganz ihrem Kunden.
Sie musterte ihn von oben bis unten.
Wortlos ging sie wieder auf Bernd zu und griff ohne Vorwarnung direkt zwischen seine Beine. Sie griff direkt richtig feste zu. Ihre spitzen Fingernägel bohrten sich fast in seinen Hodensack.
Dann ließ sie die Hand etwas nach oben gleiten und umfasste seinen Penis, der aufgrund der Kälte und der Aufregung noch recht traurig herunter hing.

Sie lachte spöttisch und fragte dann: „Was bist du denn heute für ein lächerlicher Schlappschwanz?"

Sie ging wieder drei Schritte zurück.

Bernd schämte sich etwas. Er starrte in ihre Richtung, obwohl er sie kaum erkennen konnte und schwieg.

„Antworte gefälligst, wenn ich dich was frage" befahl sie daraufhin in scharfem Ton.

„Es tut mir leid; Herrin. Es ist wohl einfach etwas zu kalt..."

Anhand der Bewegungen und des raschelnden Geräusches vor sich vermutete Bernd, dass sie etwas aus ihrer Tasche holte. Er wusste auch ziemlich genau, was es sein könnte.

Im nächsten Moment spürte er schon den ersten Peitschenschlag auf seinem Oberkörper. Es folgten noch fünf weitere Schläge. Bernd schaffte es mit Mühe und Not, nicht laut vor Schmerzen aufzuschreien.

Das nächste Geräusch verriet Bernd, dass sie die Peitsche wieder in die Tasche steckte. Sie kam wieder näher und stellte sich direkt vor ihn.

„Dann wollen wir doch mal sehen, ob wir deinen lächerlichen Wurm nicht etwas wach kriegen."

Bernds Augen hatten sich jetzt etwas an die grelle Beleuchtung im Hintergrund gewöhnt und er konnte daher sowohl sehen als auch hören, wie sie den Reißverschluss, der ihr Korsett zwischen ihren Brüsten zusammenhielt, herunterzog.
Sofort sprang ihm ihr großer Busen entgegen.

„Los, leck mir die Nippel." Sie drückte ihm die Brüste förmlich ins Gesicht. Er begann mit ihrer rechten Brust. Seine Lippen umschlossen vorsichtig ihre Brustwarze. Bernd fing an, zärtlich daran zu saugen. Dann nahm er die Zunge zur Hilfe und begann, den Nippel langsam zu umkreisen. Er konnte mit der Zungenspitze fühlen, dass die Brustwarze immer härter wurde, während er sie verwöhnte.
Daraufhin kümmerte Bernd sich genau so ausführlich um die linke Brust.

Nach kurzer Zeit nahm er die Hände zur Hilfe. Er griff genüsslich in den großen Busen hinein und knetete ihn regelrecht durch.

Das leise Stöhnen seiner Herrin zeigte ihm, dass sie diese Behandlung genoss.

Sie ließ ihn weiter ihre Brüste bearbeiten und tastete erneut nach seinem Penis, der inzwischen viel größer und härter geworden war, da es ihn sehr erregte, sich so ausgiebig um die Brüste der geheimnisvollen Frau zu kümmern.

„Jetzt fühlt sich dein Schwanz doch schon anders an", stellte sie zufrieden fest. Sie umfasste daraufhin Bernds Nacken mit beiden Händen und zog seinen Kopf so fest zwischen ihre Brüste, dass er fast keine Luft mehr bekam.

Gierig leckte und streichelte er weiter an dieser riesigen und wunderschön geformten Oberweite herum.

Dann fühlte er es. Um seinen Hals zog sich etwas zusammen. Es war zwar nicht so eng, dass er nicht atmen konnte, aber es drückte unangenehm oberhalb des Kehlkopfes. Gleichzeitig spürte Bernd, wie seine Herrin wieder sein Glied umfasste und begann, wie wild die Vorhaut rhythmisch vor und zurück zu schieben.

Ihm war klar, dass sie ihn mit dieser Bewegung nur vom Druckgefühl am Hals abzulenken versuchte.

Er musste sich zwingen, sie nicht einfach so weitermachen zu lassen, da das seinen sicheren Tod bedeuten würde.

Mit der rechten Hand ließ Bernd vom Busen seiner Herrin ab und griff hinter seinen Rücken. Dort steckte eine Geflügelschere mit der Spitze im Baumstamm. Er zog sie heraus, schob die untere Klinge vorsichtig, aber auch möglichst schnell unter den Kabelbinder, den er inzwischen um den Hals trug, und schnitt ihn einfach durch.

Das knackende Geräusch ließ seine Herrin zurückschrecken. Sie trat einen Schritt rückwärts und starrte ihn wortlos an.
Bernd zeigte mit der Scherenspitze in ihre Richtung, um sie auf Abstand zu halten. Gleichzeitig griff er mit seiner linken Hand hinter den Baumstamm, wo sein Smartphone mit der Halteschlaufe an einem abgebrochenen Ast baumelte. Er zog das Telefon nach vorn und konnte nur hoffen, dass es den starken Regenschauer überstanden hatte.
Da das Display noch das übliche Bild zeigte, wählte er die ihm wohlbekannte Nummer der Polizeiwache Altena und betätigte den Lautsprecher.

„Polizeiwache Altena, Lengerich" meldete sich die Stimme eines Kollegen, den er sehr gut kannte.

„Hi, hier ist Bernd vom KK Werdohl. Kannst du mir bitte sofort einen Streifenwagen zum Lenneufer schicken? Es ist echt dringend!"

Bernds Herrin konnte gar nicht glauben, was sie da gerade hörte: „Du bist ein Bulle?! Ihr seid doch total bekloppt!"

Dann drehte sie Bernd schlagartig den Rücken zu, um wegzulaufen. Bernd versuchte, sie aufzuhalten. Er ließ die Geflügelschere fallen und versuchte, nach ihr zu greifen.

Er erwischte ein Haarbüschel und hielt es so fest er konnte. Das hielt seine Herrin aber nicht auf. Sie sprang förmlich durch die Büsche und war verschwunden.

„Bernd, du musst mir aber schon sagen, wo du bist. Die Streife ist dann sofort bei dir!"

Jetzt wurde er sich erst richtig bewusst, dass er sein Telefonat noch gar nicht zu Ende geführt hatte: „Entschuldige, Helmut. Es war nur falscher Alarm. Ich komme schon ohne euch klar..."

Helmut Lengerich, der Wachdienstführer der Dienstgruppe A, war zwar etwas verwundert, freute sich aber über jeden Dienst, der ohne Stress und Zwischenfälle verlief: „Alles klar, Bernd. Wenn noch was ist, melde dich."

„Danke, tschüß." Bernd legte erleichtert auf. Er konnte sich nichts vorstellen, was ihm unangenehmer währe, als von ein paar Kollegen im Streifenwagen nackt an einen Baumstamm gefesselt aufgefunden zu werden.

Dann hörte er vom Parkplatz mehrmals hintereinander das ihm bereits bekannte rasselnde Geräusch eines reparaturbedürftigen Anlassers. Kurz darauf wurde ein Dieselmotor gestartet. Bernd hörte, wie die Reifen auf dem Schotterplatz durchdrehten. Das Geräusch entfernte sich schnell.

Jetzt untersuchte er erstmal den Gegenstand, der sich nach der Flucht der Dame in seiner Hand befand.
Er hielt ein rotes Haarteil fest, das hinten an eine Latex-Maske genäht war.
Jetzt konnte er davon ausgehen, dass seine Herrin über viele optische Reize verfügte, aber bestimmt nicht über rote Haare.

Dann hob Bernd die Geflügelschere auf und versuchte damit, das Zahlenschloss an seinem Fußgelenk aufzubrechen.

Es regnete immer noch in Strömen und er begann, vor Kälte zu zittern.

## Klartext

Beate und Erich saßen nun schon seit ein paar Stunden in der Kneipe.
Beide hatten bereits das achte Bier und den zweiten Tequila getrunken.

Sie verstanden sich gut und hatten viel gelacht. Beate hatte von ihrer schlecht organisierten Ausbildung berichtet, bei der kein Lehrer wusste, was der andere gerade geplant hatte.

Erich hatte im Gegenzug von seinem peinlichen Mallorca-Urlaub erzählt, bei dem er sich unter anderem betrunken in das falsche Hotelzimmer verirrt und dort versehentlich zwischen ein pingeliges Ehepaar ohne jeden Sinn für Humor ins Doppelbett gelegt hatte.

Dann klingelte Bernd Handy. Er zog es aus der Jackentasche und war erstaunt, Bernds Nummer im Display zu sehen: „Hi, Bernd. Kannst du doch nicht nüchtern schlafen?"

„Hör zu. Ich brauche jetzt echt deine Hilfe."

„Kriegst du Heike nicht mehr allein befriedigt?"

„Witzig. Du hast doch eine Flex, oder?"

„Ja, hab' ich…" Erich wurde langsam neugierig.

„Hol' schnell die Flex und eine Kabeltrommel und komm dann nach Altena zum Hünengraben, direkt zum Lenneufer."

„Dass gleich zwei Uhr ist, weißt du aber schon, ja?"

„Ich würde dich nicht nerven, wenn es nicht echt wichtig wäre…"

„Ist ja gut, gib mir ein paar Minuten…"

„Ok. Ich verlass' mich auf dich." Bernd legte auf.

Erik schaute etwas verwundert zu Beate rüber, die auch sehr fragend zurück sah.
Dann rief Erik die Telefonnummer eines Taxiunternehmens an und zahlte die Zeche.

Als das Taxi auf dem geschotterten Parkplatz neben Bernd Schillers Omega anhielt, war es bereits 02:34 Uhr.
Erik zahlte und stieg dann gemeinsam mit Beate aus. In der rechten Hand hielt er ein altes, großes Trennschleifgerät und in der linken Hand eine Kabeltrommel. Die beiden stapften etwa 80 Meter durch die hohe Wiese bis zum Lenneufer.

Erik schaute sich suchend um. Dann rief er laut: „Bernd! Wo bist du?"

„Hier, im Gebüsch" antwortete das Gebüsch, welches sich etwas weiter flussaufwärts befand, kleinlaut. Dort schimmerten ein paar Lichtstrahlen zwischen den Zweigen hindurch.
Die beiden angetrunkenen Ermittler stapften durch den Schlamm dorthin, schlängelten sich an ein paar Zweigen vorbei und trauten ihren Augen nicht.

Bernd saß splitterfasernackt, komplett durchnässt, zitternd und frierend vor ihnen auf einem Baumstamm. Beate fand es etwas peinlich, ihren Praktikumsausbilder so vor sich zu sehen und trat sofort ein paar Schritte zurück aus den Büschen.

„Toll, warum bringst du denn Beate mit?" Bernd hatte nicht damit gerechnet und war etwas gereizt.

„Vielleicht hast du ja vergessen, mir am Telefon zu sagen, dass du dich hier als Hobby-Stripper betätigst und dabei keinen Damenbesuch wünschst.

Was soll dieser Blödsinn eigentlich? Können wir uns nicht wenigstens irgendwo ins Trockene setzen, wenn du mich schon mitten in der Nacht durch die Weltgeschichte schickst?"

Wortlos hob Bernd sein Fußgelenk an. Die Kette darunter baumelte klirrend hin und her.

So langsam konnte Erik die Fakten zusammen puzzeln.
„Du willst mir jetzt doch nicht ernsthaft erzählen, dass du dich hier nachts mit einer bekloppten Mörderin triffst, um dich von ihr auspeitschen zu lassen, oder?"

„Ich erkläre es dir ja später auch. Aber jetzt sieh erst mal zu, dass du mich von dieser Scheiß-Kette abkriegst."

Erik schaute ratlos auf den Trennschleifer in seiner Hand: „Wenn du gerade zufällig eine Steckdose in der Nähe hättest, währen die Chancen etwas besser…"

„Ich habe in meiner Karre einen Spannungswandler unter dem Fahrersitz."

„Toll, Bernd. Weißt du eigentlich, wie weit es bis zum Parkplatz ist und weißt du auch, wie weit ich mit meiner lächerlichen Kabeltrommel komme?"

„Dann fahr' halt in die Wiese…"

„Cool...
Vielleicht hat ja der Abschlepp-Heini, der deinen Schrotthaufen gleich aus dem Schlamm ziehen muss, einen Bolzenschneider dabei..."

Jetzt bekam Bernd langsam noch schlechtere Laune:
„Erik, jetzt halt doch mal die Fresse und probier es einfach aus!
Gib richtig Gas, damit du möglichst weit kommst..."

Erik seufzte und schaute suchend auf den Boden. Dann sah er im Schein der immer noch vor sich hin flackernden Petroleumlame den durchnässten und schlammigen Mantel, hob ihn auf und zog Bernds Schlüsselbund aus der Tasche.
„Ist ja nett von deiner Freundin, dass sie dir wenigstens ,ne Lampe da gelassen hat."

Dann schlängelte Erik sich erneut durch die Büsche nach draußen.
„Komm mit, Beate, er will wohl nicht für dich posen.."

Die beiden gingen zum Parkplatz und setzten sich in Bernds Opel Omega, der dort unverschlossen stand.
Erik startete den Motor, schaltete das Licht ein und steuerte in Richtung Gebüsch. Dann beschleunigte er den alten Kombi, soweit es auf den losen Schottersteinen möglich war.
Der Wagen schoss mit hoher Geschwindigkeit durch die hohe, nasse Wildwiese. Die Gräser

wurden vom Frontspoiler nach unten gedrückt. Das Wasser flog in großen Tropfen über die Motorhaube und landete klatschend auf der Windschutzscheibe.

Dann wurde das Gefährt langsamer. Die hinteren Räder begannen durchzudrehen, da das Profil auf dem nassen Gras keinen Halt fand.
Ewa zwanzig Meter vor den Büschen kam der Wagen zum Stehen.
Erik hatte absichtlich aufgehört, Gas zu geben, damit der Untergrund, auf dem der Opel letztendlich zum Stillstand kam, nicht von den Rädern zerwühlt wurde und somit eventuell eine Chance bestand, den Wagen später ohne fremde Hilfe wieder hier weg zu bekommen.
Der Motor lief noch. Die Beiden stiegen aus. Erik öffnete die hintere Seitentür der Fahrerseite und steckte den Stecker der Kabeltrommel unter dem Fahrersitz in der Steckdose des dort von Bernd angeschlossenen Spannungswandlers. Dieses Gerät wandelte den Strom der unter der Motorhaube eingebauten 12 Volt-Batterie in 220 Volt Wechselstrom um, mit dem fast jedes Elektrogerät betrieben werden konnte.

Erik schaltete das Gerät ein und ging dann mit Beate zu den Büschen. Dabei hielt er die Kabeltrommel so in der Hand, dass sich das Kabel ungehindert abrollen konnte. Direkt vor den Büschen war die Trommel allerdings leer und stoppte. Weiter reichte das Kabel nicht.
Erik steckte den Stecker des Winkelschleifers in eine der Kabeltrommelsteckdosen. Dann quetschte

er sich noch mal durch die Büsche und stellte sich direkt vor Bernd. Bis zum Baumstamm reichte das Kabel auf jeden Fall nicht.

„Wenn das hier was werden soll, wirst du wohl deinen süßen Hintern etwas weiter zu mir bewegen müssen" schlug er Bernd vor.
Bernd stand sofort auf und tippelte mit seinen nackten Füßen vorsichtig durch den Schlamm. Ungefähr einen Meter konnte er auf Erik zugehen. Dann war die Kette gespannt.
Erik hielt den Trennschleifer so nah er konnte an Bernds Fußgelenk und stellte erleichtert fest, dass er es gerade eben erreichen konnte. Da Bernd die Kette noch immer stramm zog, nutzte Erik diese Gelegenheit, schaltete das Gerät ein und setzte die Kante der mit unglaublicher Geschwindigkeit rotierenden Scheibe an den gehärteten Stahlbügel des Vorhängeschlosses an.

Es dauerte ungefähr 20 Sekunden, die von ohrenbetäubendem Lärm, wild umher fliegenden, hell leuchtenden Funken und unangenehmer Rauchentwicklung erfüllt waren.

Dann fielen das zerschnittene Zahlenschloss und die Kette einfach zu Boden. Es roch unangenehm nach verbranntem Metall. Bernd war frei.

Während Bernd seine nassen und verschlammten Kleidungsstücke einsammelte und anzog, rollte Erik sein Verlängerungskabel wieder auf die Trommel und verstaute das Werkzeug im Kofferraum von

Bernds Kombi. Beate hatte sich in der Zwischenzeit bereits in den Wagen gesetzt, um nicht noch nasser zu werden.

Als Erik die Kofferraumklappe zuschlug, war auch Bernd endlich beim Wagen angekommen.

Es war ganz offensichtlich, dass keine Chance bestand, sich zu dritt in das Fahrzeug zu setzen, den Motor zu starten und loszufahren. Dafür war die Wildwiese, in der Erik den alten Opel abgestellt hatte, viel zu hoch und viel zu nass.

„Beate setzt sich ans Steuer und wir beide schieben", schlug Bernd vor. Erik nickte. Beate wurde gar nicht gefragt, setzte sich aber sofort ans Lenkrad und ließ das Fenster der Fahrertür herunter, bevor einer der Männer auf die Idee kommen könnte, dass sie lieber das Auto durch den Dreck schieben sollte.

„Ok, Beate. Jetzt langsam anfahren. Lass möglichst die Räder nicht durchdrehen. Sobald die Karre sich bewegt, immer schneller und zum Parkplatz lenken.

Beate nickte. Vorsichtig gab sie Gas und ließ langsam die Kupplung kommen. Sofort drehten die hinteren Räder des Kombis durch.

Erik und Bernd schoben, so gut es ging. Da ihre Schuhe aber im nassen Gras fast keinen Halt fanden, hielten sich ihre Möglichkeiten in Grenzen.

Beim dritten Versuch klappte es. Die zwei Männer schafften es, dem Wagen etwas Schwung zu geben und Beate fand genau die richtige Dosierung des Gaspedals, um diesen kleinen Schubser in eine wirkliche Vorwärtsbewegung zu beschleunigen. Sie drückte das Gaspedal mit ihrem Fuß immer tiefer und steuerte etwas nach rechts um sich endlich in Richtung Parkplatz zu bewegen.

Da der Omega immer noch beschleunigte und ihren Befehlen bisher gehorchte, legte sie vorsichtig den zweiten Gang ein.

Bald befand sich der Wagen auf geschottertem Untergrund und Beate trat vorsichtig die Bremse.

Sie musste etwas warten, bis auch ihre zwei Kollegen den Parkplatz erreicht hatten.

Erik stieg auf der Beifahrerseite ein. Bernd kletterte einfach hinter den Fahrersitz. Er zitterte am ganzen Körper und hoffte, dass die Praktikantin in nach Hause fahren würde. Damit er sich während der Fahrt etwas ausruhen könnte.

„OK, kennst du Hof Wagner in Wiblingwerde?"

Beate schaute über die Schulter zu Bernd: „Ne, kenn' ich nicht. Aber wenn ich jetzt noch weiterfahren muss, kotze ich dir die Karre voll."

Auch Erik schaute jetzt nach hinten: „Bernd, wir sind beide total besoffen.

Was glaubst du eigentlich, was wir die letzten Stunden bei Hugo gemacht haben, bis du angerufen hast?"

Bernd nickte. Er stieg aus und tauschte mit Beate den Platz. Dann fuhr er los.

Erik fragte neugierig nach: Hof Wagner? Pennst du neuerdings in deinem Wohnwagen?"

„Ja. Heike hat mich Samstag rausgeschmissen wegen der Peitschenstriemen auf dem Rücken. Sie denkt, dass ich jetzt ein perverser Irrer bin…"

„Der Gedanke ist ja nicht unbedingt abwegig…

Du hattest Samstag schon Peitschenstriemen auf dem Rücken?!
Seit wann lässt du dich denn von dieser Bekloppten verdreschen?"

„Wir fahren jetzt erst mal zu meinem Wohnwagen. Ich brauche dringend trockene Klamotten. Dann mach ich für uns alle einen Grog und erkläre euch alles. OK?"

Sie fuhren etwa 20 Minuten auf einer schmalen, kurvenreichen Straße durch ein Waldgebiet.

Dann steuerte Bernd den Opel Omega in die Hofeinfahrt des inzwischen nicht mehr bewirtschafteten Bauernhofs der Familie Wagner.
Auf der damaligen Kuhweide wurden inzwischen Stellplätze für Wohnwagen und Wohnmobile vermietet.
Zur Zeit standen aber nur fünf Wohnwagen, zwei Wohnmobile und ein großer Bootsanhänger, auf dem eine in Kunststoffplanen eingehüllte Segelyacht lag, auf dem Grundstück.
Das Geschäft mit den Stellplätzen lief bisher nicht besonders gut und einige Wohnwagen waren aufgrund der Urlaubszeit unterwegs.

Bernds großer Wohnwagen war bereits über 20 Jahre alt, ziemlich vergilbt und wies diverse kleine, durch Hagelschlag entstandene Beulen auf. Er stand am Rand der Weide, direkt vor einer großen Wellblechscheune. Das hatte den Vorteil, dass Bernds Wohnwagen mit Hilfe eines Verlängerungskabels ans Stromnetz angeschlossen war und er daher sämtliche Elektrogeräte in seinem Campinganhänger uneingeschränkt benutzen konnte.
Neben dem Wohnwagen hatte Bernd eine Satelliten-Schüssel auf einem Stativ in die Wiese gestellt, um nicht auf seinen gewohnten Fernsehempfang verzichten zu müssen.

Der Omega wurde auf dem asphaltierten Hof abgestellt. Erik und Beate folgten Bernd zum Wohnwagen. Sie gingen lieber ein Stück zu Fuß als erneut zu riskieren, mit dem Auto in einer matschigen Wiese stecken zu bleiben.

Dort angekommen kletterten sie durch die unverschlossene, schmale Tür in den Anhänger. Erik und Beate setzten sich auf die abgewetzten Polster der Rundsitzgruppe im Heckbereich. Bernd verschwand in den vorderen Teil des Wohnwagens. Dort hatte er die Polster der Sitzgruppe flach über dem heruntergeklappten Tisch ausgebreitet und so zu seinem Schlafbereich umgestaltet. Er zog die davor befindliche Schiebetür zu, um sich trockene Sachen anzuziehen. Auch wenn es inzwischen an seinem Körper keine Stelle mehr gab, die Beate und Erik nicht unbekleidet gesehen hatten, hatte er trotzdem gern etwas Privatsphäre beim Entblößen.

Erik hatte keine Lust, stundenlang zu warten und beschloss daher, den versprochenen Grog schon mal vorzubereiten. Er nahm den Behälter des elektrischen Wasserkochers von einem Regalbrett des kleinen Küchenbereichs, der sich in der Mitte des Wohnwagens an der rechten Außenwand befand, und befüllte ihn mit Hilfe des kleinen Wasserhahnes am Spülbecken. Er brauchte etwas Geduld, da das Wasser nur sehr langsam mit Hilfe einer kleinen elektrischen Tauchpumpe aus dem Wassertank gepumpt wurde und genauso langsam aus dem Hahn tröpfelte.

Als der Behälter endlich voll war, schaltete Erik den Wasserkocher ein und nahm zielsicher eine halbvolle Rumflasche aus einem der Schränke. Er kannte sich hier aus, da er während der Dienstzeit schon oft zusammen mit Bernd hier war, um die Zeit bis zum Feierabend zu überbrücken.

Als nächstes nahm Erik drei verschiedene bunte Porzellanbecher aus dem Regal und füllte sie etwa zur Hälfte mit Rum. Dann griff er im selben Regal nach einer Schachtel Zuckerwürfel und ließ in jede Tasse ein Stück Zucker fallen.
Als er schließlich das kochende Wasser in die Becher goss, öffnete sich die Schiebetür und Bernd gesellte sich, mit eine alten Jogginganzug bekleidet, zu seinen Kollegen.

Sobald der Grog auf Trinktemperatur heruntergekühlt war, begannen alle Drei gleichzeitig zu schlürfen.

Als Erik seinen Becher zur Hälfte geleert hatte, hielt er es vor Neugier nicht mehr aus: „Ok, Bernd. Ich kenn' dich jetzt fast 20 Jahre. Wir haben früher in der Ausbildung oft zusammen Mädels angegraben, aber dass du auf Schlampen stehst, die dir beim Ficken auf die Fresse hauen ist mir echt neu…"

„Ich find's auch nicht wirklich geil. Aber anders kriegen wir diese Drecksau doch nie.

Bis jetzt war alles, was die ganze Scheiß-Kommission ermittelt hat, für'n Arsch."

„Jetzt komm schon. Mir ist es meistens ja schon scheißegal, ob ich meine Fälle löse oder nicht.

Und der einzige, von dem ich weiß, dass es ihn noch weniger interessiert, bist du.

Du warst doch bis jetzt immer total zufrieden, wenn dein Sold auf dem Konto war und du dafür nicht viel machen musstest.

Was ist an dieser Irren denn jetzt plötzlich so wichtig, dass du dich dafür fast kalt machen lässt?"

Bernd zündete sich eine Zigarette an, trank seinen Grog-Becher leer und seufzte:„Vor zwei Wochen haben sie Peppi aus der Lenne gefischt. Du warst ja im Urlaub und hast nichts mitgekriegt..."

„Der Typ, der damals dein Trauzeuge war? Und der bei dir auf jeder Feier besoffen in der Ecke saß?"

„Ja. Ich kenne in seit dem Kindergarten. Er hat eine Frau und zwei Blagen.

Ich muss Lisa jetzt fast jeden Tag besuchen und ihr erklären, dass die Kinder sie brauchen, damit sie nicht vor irgendeinen Zug springt. Die ist aus allen Wolken gefallen, als sie ihr erzählt haben, dass er auf Sado-Maso stand und bei einer Sex-Orgie kaltgemacht wurde"

„Und warum hat die Kommission nicht irgendeinen V-Mann zu so einem Fick-Treffen geschickt?"

„Hab' ich ja vorgeschlagen. Die haben mich nur ausgelacht und mir noch mal erklärt dass ich ja eigentlich eh viel zu blöd für die Mordkommission bin und nur dabei sein darf, weil ich hier ja ortskundig bin."

Erik dachte kurz nach und nickte dann: „Ok, dann machen wir auf unsere alten Tage noch mal richtige Polizeiarbeit.
Was weißt du bis jetzt über diese Fotze?"

„Sie ist jung, etwa 25 schätze ich, höchstens 30, geile schlanke Figur mit dicken Titten.
Bis eben dachte ich, dass sie rote Haare hat, aber die waren aus Plastik und nur an diese alberne Maske genäht. Das ist alles was ich habe…"

„Toll, kein Gesicht, kein Name, nichts?"

Bernd schüttelte den Kopf.

Erik schaute müde zu Beate. Sie hatte wortlos mit offenem Mund zugehört. „Tja, dann haben wir morgen viel zu tun. Vielleicht lernst du hier ja doch noch was Sinnvolleres als Kaffeetrinken…"

## Schöner Abend

Um 08:02 Uhr stiegen Bernd, Erik und Beate vor der Polizeiwache Werdohl aus dem Omega. Sie hatten im Wohnwagen noch eine Flasche Doppelkorn geleert, die Bernd im nur eingeschränkt funktionstüchtigen Kühlschrank gefunden hatte.

Geschlafen hatten sie also nur wenig und sahen daher sehr übernächtigt aus.

Nach zwei Tassen Kaffee und einem Zigarillo fühlte Erik sich langsam wach genug:
„Ok, Bernd. Wie ist sie zu den Treffen gekommen? Hat sie ein Auto oder ist sie Mitglied im Sauerländischen Gebirgsverein und wandert gerne?"

„Sie hat eine Karre. Aber ich konnte sie nie sehen, weil ich immer irgendwo angekettet war. Es ist ein Diesel und der Anlasser ist im Arsch."

„Machen die bei Mikesch Nachtschicht? Dann hat vielleicht ja jemand den Wagen gesehen.."

Jetzt meldete sich Beate zu Wort: „Heute Nacht standen noch ein paar Autos auf dem Parkplatz. Dann hatten die bestimmt Nachtschicht."

Erik schaute zu Bernd: „Könnt ihr da mal ein bisschen stochern?

Ich muss gleich mal kurz nach Hause und mich ein bisschen frisch machen. Ich habe heute noch ein Date..."

Bernd wirkte überrascht. Erik war schon seit über fünf Jahren geschieden, weil er aufgrund seines damaligen Schichtdienstes ständig Streit mit seiner früheren Frau hatte. Inzwischen besuchte er sie zwar regelmäßig, um zumindest den Kontakt zu seinen zwei Töchtern nicht zu verlieren, aber wirklich freundschaftlich war das Verhältnis nicht. Seit der Trennung hatte Erik sich sehr gehen lassen, viel Alkohol getrunken und bestimmt 25 Kilogramm zugenommen.
Bernd hatte Erik seitdem nicht mehr mit einer Frau an seiner Seite gesehen. Eine Verabredung würde ihm bestimmt gut tun.

„Klar, mach dich mal hübsch. Wer ist denn die Glückliche?"

„Kennst du eh nicht..." Das stimmte zwar nicht, aber Erik wollte zu diesem Zeitpunkt nicht weiter darauf eingehen.

Um 09:14 Uhr standen Bernd und Beate im Personalbüro der Ziegelfabrik Mikesch. Ulrike Dörner, eine Verwaltungsangestellte der Firma, nahm ein Papier aus dem Drucker und gab es Bernd.

Die Ermittler bedankten sich und gingen zurück zu ihrem Dienstwagen.

Bernd schaute sich die gerade erhaltene Liste etwas genauer an. Hier waren Namen, Adressen und Telefonnummern von insgesamt 14 Mitarbeitern des Ziegelwerkes aufgeführt, die vom Vorabend bis zu diesem Morgen Nachtschicht hatten. Da einige der Mitarbeiter aber in Iserlohn und einer sogar in Dortmund wohnten, würde es mehrere Tage dauern, diese Personen zu Hause zu besuchen und dort zu befragen.

Daher fuhren sie zurück zur Wache und versuchten ihr Glück am Telefon.

Beate begann recht lustlos, der Reihe nach de Telefonnummern zu wählen.

Die ersten beiden Anrufe wurden nicht angenommen. Vermutlich war es einfach noch etwas zu früh, um mit jemandem zu telefonieren, der sich nach seiner Nachtschicht ausschlafen wollte.

Ihr dritter Anrufsversuch wurde zwar sogar angenommen, aber der Dame war in der Nacht nichts Ungewöhnliches aufgefallen.

Der vierte Anruf brachte Beate allerdings ein Stück weiter:

„Schmidtke." Der Mann hörte sich recht müde an.

„Schnitzler von der Kriminalpolizei Werdohl. Guten Tag"

„Polizei? Was ist los?" Herr Schmidtke klang verwundert.

„Herr Schmidtke, Sie hatten doch bis gerade eben Nachtschicht, oder?"

„Stimmt."

„Wir ermitteln in einer Straftat, die in der Nähe Ihres Firmenparkplatzes begangen wurde. Ich würde gern wissen, ob Ihnen in der Nacht irgend etwas Ungewöhnliches aufgefallen ist.."

„Was meinen Sie? Irgendwelche Leute oder Geräusche oder so?"

„Ja, zum Beispiel. Oder haben Sie irgendwelche Fahrzeuge gesehen, die sonst nicht da parken?"

„Was ist denn überhaupt passiert?"

„Das darf ich Ihnen leider nicht sagen, aber es wäre schön, wenn Sie mir am Telefon weiterhelfen würden. Sonst müsste ich Sie zur Wache vorladen..."

„Ist ja schon gut.

Also, jetzt, wo Sie fragen….
Ich war heute Nacht einmal kurz draußen und habe Eine geraucht.
Da standen zwei Wagen auf dem Schotterplatz, bei denen ich nicht weiß, wem sie gehören."

„Wann war das?"

„So etwa um halb Eins, glaube ich."

„Können Sie mir sagen, was das für Autos waren?"

„Eins war ein roter Kombi, ziemlich groß. Ich schätze mal ein Opel…."

„Und das andere Fahrzeug?"

„Das war ein Kleinwagen, ein Mitsubishi Colt, ziemlich alt."

Beate war ganz aufgeregt: „Sie sind sicher, dass es ein Colt war?! Welche Farbe?"

„Er war dunkel, blau oder schwarz oder so. Ich war ja ziemlich weit weg. Die Wagen standen ganz am hinteren Rand."

„Ok, aber dass es ein Colt war, wissen Sie genau?"

„Ja, ich hatte auch mal so einen. Der hat so keilförmige Lampen vorn. Meiner war von 1991..."

„Gut, das hilft mir bestimmt weiter. Haben Sie sonst noch etwas gesehen? Fahrzeugkennzeichen? Vielleicht die Fahrer dazu?"

„Nein, tut mir leid. Als ich Feierabend hatte, waren die Wagen auf jeden Fall weg.."

Beate bedankte sich, legte auf und zog ihr Smartphone aus der Jackentasche.

Die Computer der Polizeiwache waren zwar alle miteinander vernetzt, aber einen richtig freien Internetzugang gab es hier aus Sicherheitsgründen nicht.

Mit dem mobilen Browser suchte Beate nach dem passenden Fahrzeugmodell.

In diesem Moment kam Bernd von der Toilette zurück. Er hatte das Gespräch daher nicht mitbekommen.

„Ich hab' was. Sie hat einen Mitsubishi Colt. Uraltes Modell, wurde zwischen 1988 und 1992 gebaut..."

„Geil, welche Farbe?"

„Dunkel halt..."

„Na gut. Dann gehst du am Besten als nächstes der Leitstelle auf den Keks. Sag auch, dass es ein Diesel ist. Die Farbe kannst du vergessen, die stimmt in der Datenbank eh nicht immer. Sie sollen dir eine Liste zufaxen…"

Zwanzig Minuten später stand Beate vor dem Faxgerät und zog mehrere Blätter heraus.

Bernd war neugierig: „Und?"

„18 Colts im Märkischen Kreis. Fünf davon sind auf Frauen zugelassen. Aber die jüngste von Ihnen ist 38."

„Ne, zu alt. Dann ist der Wagen entweder nicht aus dem Kreis oder sie ist nicht selbst Fahrzeughalterin."

In diesem Moment hörten die Beiden, wie sich zwei bekannte Stimmen im Flur unterhielten:

„Herr Paschek. So schick habe Sie seit Jahren nicht mehr gesehen. Werden Sie heute noch konfirmiert?"

„Nein, Herr Borgmann. Ich möchte nur, dass sich die Bürger bei uns wohl fühlen…"

„Das ist genau die richtige Einstellung, Herr Paschek. Machen Sie weiter so…"

Nach dem kurzen, aber tiefsinnigen Gespräch mit dem Wachleiter kam Erik ins Büro.

Bernd und Beate schauten ihn an und waren von seinem Erscheinungsbild mindestens genauso überrascht wie Rainer Borgmann.

Erik war frisch geduscht und rasiert. Er hatte seine Haare ordentlich nach hinten gekämmt und zu einem kleinen Zopf zusammengebunden. Außerdem trug er ein frisch gebügeltes Hemd anstelle der sonst üblichen bedruckten T-Shirts.

„Wow, es scheint ja wirklich ernst zu sein.

Kann ich dich mit Arbeit belästigen?"

„Total gern. Aber ohne Überstunden, wenn es geht..."

„Keine Sorge, Erik. Ich will deinem Liebesglück bestimmt nicht im Wege stehen.

Wir haben hier mal wieder eine Liste, die wir abarbeiten müssen.

Unsere Freundin fährt scheinbar einen alten Colt. Davon gibt es hier 18 Stück. Ich schlage vor, dass wir uns wieder aufteilen und schauen wie weit wir kommen. Was bei dir nach Vier Uhr noch übrig geblieben ist, mache ich dann noch mit..."

„Alles klar, danke."

Bernd verließ die Wache, startete den Golf und machte sich auf den Weg.

Erik holte aus dem Geschäftszimmer den Zündschlüssel für einen Streifenwagen, der für den normalen Wachbetrieb momentan nicht benötigt wurde.

Gemeinsam mit Beate fuhr auch er los und begann, die Anschriften der Fahrzeughalter abzuklappern. Bernd hatte ihm freundlicherweise die Adressen im näheren Umfeld überlassen.

Die Ergebnisse, die die Beiden erzielten waren nicht zufrieden stellend.

Bei drei Anschriften wurde weder das dazugehörige Fahrzeug noch irgendeine Person angetroffen, die Auskunft darüber geben könnte, wann und von wem das Auto genutzt wurde.

Zwei der Mitsubishi Colts wurden nach Angabe der männlichen Halter auch nur von Ihnen und sonst niemandem benutzt.

Eine etwa 40-jährige Dame versicherte, dass ihr Colt nur von ihr und ihrer 62jährigen Mutter gefahren würde.
Auch unter der Verwendung von viel Fantasie kam Erik zu dem Ergebnis, dass diese etwas füllige Fahrzeughalterin mit den faltigen Händen und den großen Tränensäcken unter den Augen selbst mit schönster Verkleidung von Bernd auf keinen Fall für

eine junge, knackige Domina mit großer, schön geformter Oberweite gehalten worden sei.

Ein Mitsubishi Colt wurde von seinem Besitzer als Winterauto vorgestellt, welches bereits seit vier Monaten nicht mehr von der Stelle bewegt worden sei. Nach einem kurzen Blick auf das Unkraut vor und hinter den Reifen und die Spinnenweben am Lenkrad glaubte Erik diesen Vortrag ohne weitere Nachfragen.

Um 15:56 Uhr betrat Erik wieder die Wache. Beate hatte sich bereits draußen verabschiedet und sich auf den Weg zur Bushaltestelle gemacht.

Erik ging zum Geschäftszimmer und legte Bernd die Liste der Fahrzeughalter und einen Notizzettel ins Fach. Dann hängte er den Zündschlüssel weg und füllte das Fahrtenbuch aus.
Um genau 16:00 Uhr klopfte er zaghaft an Tanja Bäckers Bürotür.

„Komm rein" rief sie freundlich. Er öffnete die Tür und lächelte sie an.

Sie stand neben ihrem Schriebtisch und schloss gerade ihre Schublade ab. In dem knielangen, schwarzen Ruck und der blauen Bluse sah sie absolut umwerfend aus. Erik musste sich sehr zusammenreißen, um nicht nur in ihren leicht geöffneten Ausschnitt zu starren.

Tanja war heute von Eriks Erscheinungsbild auch sehr angetan. Sie hatte schon befürchtet, dass er wieder aussehen würde, als ob er unter einer Brücke übernachtet hätte.

„Hi, Erik. Du bist ja wirklich pünktlich."

„Jau. Wollen wir erstmal was essen gehen?"

„Gern. Ich habe echt Hunger."

Fünf Minuten später waren die beiden in Eriks altem VW-Bus auf dem Weg zu Werdohls einzigem Steakhaus.

Beate betrat den Bürocontainer der Autoverwertung um 17:43 Uhr.

Carsten strahlte sie an, musste aber zunächst sein Telefonat zu Ende führen. Er hatte den Telefonhörer zwischen seiner linken Schulter und dem Ohr eingeklemmt, damit er beide Hände für die Computer-Tastatur frei hatte.

„Nein, tut mir leid. Für das Modell habe ich nur den linken Scheinwerfer da...

Alles klar, tschüß."

Er legte den Hörer zurück aufs Telefon und sprang hoch. Wortlos nahm er Beate in den Arm und gab ihr einen ausführlichen Zungenkuss. Erst danach nahm er sich Zeit zum Reden.

„Hi, Süße."

„Hi. Wie lange musst du noch?"

„Eine Viertelstunde. Dann habe ich Zeit für dich."

„Cool. Was machen wir...."

Weiter kam sie nicht mit dem Satz, denn das Telefon klingelte wieder.

Carsten seufzte, setzte sich an den Schreibtisch und nahm den Hörer ab.

„Autoverwertung Taschner…

…

Guten Tag, was kann ich für Sie tun?

…

für einen 89er Colt?

…

Welcher Motor?

…

Als Diesel gab es glaub' ich nur Den mit 1,8 Litern…

…

Moment, ich schau mal…"

Carsten tippte etwas auf der Tastatur und schaute angestrengt zum Monitor.

„Nein, tut mir leid. Haben wir leider nicht da.

…

Ja, viel Glück. Bis dann."

Danach legte Carsten auf und wollte sich endlich weiter um Beate kümmern. Die hingegen schaute ihn völlig fassungslos an.

„Was hast du nicht da für einen Colt?"

Carsten war überrascht: „Das interessiert dich doch jetzt nicht wirklich, oder?"

„Doch, es ist wichtig. Was für ein Teil?"

Carsten verstand die Aufregung überhaupt nicht: „Es ging nur um einen Anlasser für einen alten Mitsubishi Colt Diesel…"

„War das eine Frau am Telefon?"

„Nein, ein Kerl."

„Hast du die Telefonnummer?"

„Ja, ich glaube, die wurde angezeigt. Warum?"

„Kannst du ihn bitte zurückrufen und ihm sagen, dass du den Anlasser doch da hast?
Er soll ihn Morgen früh abholen. Es ist wirklich wichtig!"

„Beate, das kann ich nicht bringen. Mein Alter reißt mir den Arsch auf, wenn er mitkriegt, dass ich Kunden herbestelle und dann die Teile, die sie haben wollen, gar nicht habe..."

Jetzt griff Beate ein wenig in die Trickkiste. Sie schaute Carsten tief in die Augen und leckte sich mit der Zungenspitze über die Lippen. Dann beugte sie ihren Kopf vor, bis ihr Mund sich direkt neben seinem rechtes Ohr befand und flüsterte: „Wenn du das für mich machst, lutsche ich dir das Hirn raus..."

Eigentlich hatte Beate schon vor seinem letzten Telefonat vorgehabt, Carsten heute mit ausführlichem Oralsex zu verwöhnen.

Wenn er ihr dafür aber beim Verfolgen dieser unheimlich heißen Spur helfen würde, wäre sie nicht unglücklich.

Der junge Mann reagierte auf ihr Angebot jedenfalls sehr nervös.

Hastig griff Carsten nach dem Telefonhörer und tippte auf die Tasten der Telefonanlage, bis die Rufnummer des letzten Gesprächs angezeigt wurde. Dann hielt er sich den Hörer an den Kopf und stellte die Verbindung her:

„Ja, hallo. Autoverwertung Taschner noch mal. Sie hatten gerade angerufen wegen einem Anlasser für ihren Colt.

…

Ja, genau.

…

Ich habe mich gerade vertan. Wir haben gestern einen Colt Diesel, Baujahr 90 rein bekommen. Da kann ich nachher den Anlasser ausbauen.

…

Den gebe ich ihnen für 30 Euro.

…

Können Sie morgen früh abholen. Wir machen ab zehn Uhr auf.

…

Ja, gern. Bis morgen dann."

Carsten legte auf. Er hatte ein paar Schweißperlen auf der Stirn.

Offenbar fehlte ihm etwas Übung im Lügen, aber Beate fand, dass er seine Sache gut gemacht hatte und war hoch zufrieden.

Sie ging zur Tür des Bürocontainers und verriegelte das Schloss.

Dann ging sie zurück zu Carsten, der mit offenbar schlechtem Gewissen auf dem Bürostuhl saß. Die junge Polizistin ließ sich vor ihm auf die Knie sinken und öffnete langsam den Knopf und den Reißverschluss seiner Jeanshose.

Danach griff sie zärtlich aber bestimmt in den Bund seiner Unterhose und zog seinen schon leicht angeschwollenen Penis heraus. Sie schob vorsichtig die Vorhaut nach hinten und küsste zärtlich seine Eichel.

Dann lächelte sie Carsten wieder an: „Los, zieh mal deine Hose runter."

Carsten stand sofort auf und ließ Jeanshose und Slip einfach an seinen Beinen herunterfallen.

„Setz dich ruhig wieder hin" forderte Beate ihn auf.

Sofort ließ er sich wieder auf den Drehstuhl sacken.

Die junge Frau hob nacheinander seine Fußgelenke etwas an und entfernte Turnschuhe, Unterhose und Jeans.

Danach drückte sie seine Knie auseinander und rutschte weiter nach vorn.

Als nächstes griff sie erneut nach seinem Glied, das inzwischen noch weiter angeschwollen und ziemlich hart war. Mit festem Griff umfasste sie es und schob mehrmals die Vorhaut vor und wieder zurück.

Beate fand, dass Carstens Penis sich in ihrer Hand zwar toll anfühlte, aber etwas zu trocken war. Um das zu ändern, spuckte sie kurzerhand auf die Eichel. Danach hielt sie das Glied mit der Eichel nach oben fest und schaute zu, wie ihr Speichel langsam an dem harten Körperteil herunter floss.
Dieser Anblick führte zu einem intensiven Kribbeln in ihrem Unterleib.

Gierig öffnete sie den Mund und schob den Penis so weit es ging hinein. Sie spürte, wie seine Eichel fast in ihrem Rachen landete. Beate unterdrückte den Würgereiz und begann vorsichtig zu saugen. Gleichzeitig tastete sie mit ihrer Zungenspitze das nasse Glied ab.
Genau so hatte sie es sich vorgestellt. Es sollte glitschig und schleimig sein und eine schöne Sauerei geben.
Dann begann sie, ihren Kopf immer wieder vor und zurück zu schieben. Zunächst langsam und zärtlich, aber dann immer gieriger und schneller. Sie schob sich Carstens Geschlechtsteil so weit in ihren Hals, dass ihre Lippen bereits seinen Hodensack berührten. Immer wider klopfte seine harte Eichel an ihren Rachen.
Sie schaffte es zwar inzwischen ganz gut, den Würgereiz zu unterdrücken aber ihre Speichelproduktion wurde durch die Überreizung stark angeregt. So wurde es in ihrem Mund immer nasser.

Der Speichel lief aus ihrem Mund, die Unterlippe herunter und tropfte dann auf ihr T-Shirt.

Beate wurde durch dieses Zusammenspiel aus schleimiger Flüssigkeit und knallhartem Penis in ihrem Mund so stark erregt, dass sie merkte, wie ihre Vagina immer feuchter wurde und ihr Slip sich daher langsam voll saugte.

Auch Carsten wurde immer unruhiger. Seine Knie begannen zu zittern.
Beate war zwar unheimlich gierig darauf, sein Sperma auf ihrem Gesicht und im Mund zu spüren, aber es machte ihr so viel Spaß, sein Glied zu lutschen und zu verwöhnen, dass sie seinen Höhepunkt unbedingt noch etwas hinauszögern wollte.
Daher zog sie den harten, nass glänzenden Penis wieder aus ihrem Mund. Es bildete sich ein langer Faden aus Speichel zwischen ihren Lippen und seiner Eichel. Nach kurzer Zeit riss dieser Faden an seiner Eichel ab und klatschte auf Beates inzwischen von den Speicheltropfen ziemlich nasses T-Shirt.
Beate begann nun, Carstens Hoden zärtlich mit ihren Fingerspitzen zu massieren. Sein kompletter Intimbereich war frisch rasiert und fühlte sich unheimlich glatt und geschmeidig an.
Die gierige junge Frau drückte den Sack unter den beiden Hoden zusammen. Jetzt konnte sie sehen, dass Carstens linker Hoden etwas größer war als der rechte.

Dass half ihr bei der anstehenden Entscheidung. Langsam und genüsslich begann sie, den linken Hoden abzulecken.

Ihre Zungenspitze tastete jeden Quadratzentimeter des schön geformten Balls ab.

Danach schob sie dich den ganzen Hoden in den Mund und fing an, daran zu saugen.

Carstens Knie zitterten jetzt noch mehr und es bildete sich ein kleines Tröpfchen Flüssigkeit auf seiner Eichel. Beate sah es sofort. Sie spuckte sofort den großen Hoden aus und leckte über die Spitze der Eichel, bis sie wieder sauber war.

Sie wusste, dass er sich nicht mehr lange beherrschen können würde. Daher positionierte sie ihr Gesicht direkt vor seinem Penis, umfasste diesen mit ihrer rechten Hand und schob mit hoher Geschwindigkeit die Vorhaut hoch und runter. Mit den Fingerspitzen der linken Hand kraulte sie seine Hoden.

Dann war es soweit. Carsten stöhnte laut auf. Ein großer Strahl Sperma schoss aus seiner Eichel und landete direkt auf Beates Brille, Nase und Kinn.

Beate riss nun ihren Mund weit auf, um den nächsten Spermaschuß direkt auffangen und herunterschlucken zu können.

Und dann begann das eigentliche Feuerwerk. In vielen kleinen Schüben schoss der Samen aus Carstens Penis. Ein großer Teil des Spermas landete wirklich wie geplant in Beates Mund, aber auch ihre Lippen ihr Kinn wurde weiter besprenkelt.

Beate schluckte zunächst einfach etwas Sperma herunter, weil ihr Mund einfach zu voll war, um diese große Flüssigkeitsmenge dort aufzubewahren.

Sie ließ die weiße klebrige Flüssigkeit über ihre Zunge fließen und genoss den einzigartigen Geschmack.

Aber sie hatte sich auch vorgenommen, eine große Sauerei zu veranstalten und was bisher geschehen war, fand sie einfach noch zu harmlos.

Daher spuckte sie den großen Rest der Spermaladung einfach zurück auf Carstens Glied.

Fasziniert beobachtete sie, wie die weiße Soße am Penis und Hodensack herunter rutschte.

Dann begann sie, jedes Tröpfchen einzeln genüsslich aufzulecken. Sie tastete mit der Zungenspitze seinen kompletten Intimbereich ab. Sie leckte, schleckte und schluckte, bis alles wieder blitzblank war.

Carsten saß einfach tatenlos vor ihr auf dem Stuhl und genoss diesen wundervollen Anblick.

Beate lächelte ihn an, nahm ihre Brille ab und begann, auch ihre Brillengläser mit der Zungenspitze von den Spermatropfen zu reinigen.

Inzwischen war es 19:35 Uhr.

Tanja und Erik saßen inzwischen in der Shisha-Bar „The Golden Fog".

Beide besuchten diesen Ort zum ersten Mal, da die Eröffnung erst vor zwei Wochen stattgefunden hatte. In diesem Ladenlokal war es bereits die vierte Shisha-Bar-Eröffnung innerhalb der letzte drei Jahre, da sich die Bestimmungen zum Nichtraucherschutz und dadurch auch die Auflagen zum Betreiben einer solchen Bar immer wieder geändert hatten. Momentan war Voraussetzung, dass es sich um einen Verein und kein öffentliches Lokal handelte.

Die beiden frisch angeworbenen Vereinsmitglieder Tanja und Erik saßen gemeinsam auf einer Mischung aus Sofa und Sitzsack. Vor ihnen standen zwei Teegläser und eine qualmende Wasserpfeife auf einem niedrigen Opiumtisch.

Die orientalische Musik war zwar auf Dauer etwas eintönig, aber so leise, dass sie nicht sonderlich störte.

Tanja zog an ihrem Shisha-Schlauch und genoss das Mandarinen-Aroma, das die beiden ausgewählt hatten.

„Gehst du eigentlich mit all deinen Verabredungen in solche Bars?"

Erik schaute sie etwas erstaunt an: "Das Freizeitangebot ist hier ja nun etwas eingeschränkt.

Ein Bowling-Center oder einen Rhönradverein haben wir noch nicht.
Aber ehrlich gesagt ist das hier meine erste Verabredung in diesem Jahr...

Und wo machst du sonst immer einen drauf?"

„Eigentlich bin ich in den letzten zwei Jahren mit meinem Freund höchstens mal ins Kino oder zum Sport gegangen..."

Erik war sich nicht sicher, ob sich ihre Laune verschlechtern würde, wenn er weiter fragte, aber er wollte unbedingt wissen, wie seine Chancen wirklich standen: „Und wo ist dein Freund heute?"

Tanja zog noch einmal an ihrem Schlauch: „Ich nehme an, dass der Penner gerade seine Chefin fickt...."

Erik nippte an seinem Teeglas. Innerlich jubelte er, schaute aber sehr betroffen: „Oh, tut mir leid. Ich wollte nicht zu neugierig sein..."

Tanja lächelte freundlich zurück: „Doch, wolltest du. Aber das ist ok. Ich habe deine Einladung ja nun angenommen. Dann muss ich auch damit rechnen, dass du mich was fragst."

Jetzt wurde Erik etwas mutiger: „Damit sind wir natürlich genau beim Thema.

Warum bist du überhaupt mitgekommen?

120

Sonst hast du dir doch immer viel Mühe gegeben, mich möglichst Scheiße zu finden…"

„Eigentlich finde ich, dass du ein ziemlich netter Kerl bist…"

Jetzt wollte Erik das Eisen schmieden, solange es noch heiß war: „Nett genug, um nachher noch einen Kaffee mit mir zu trinken?"

Als Tanja ihm zustimmte, hatte er es sehr eilig, zu bezahlen und mit ihr die Bar zu verlassen. Sie brauchten zu Fuß nur fünf Minuten bis zu Eriks Wagen, stiegen in den Bulli und Erik gab Gas.

So schnell der Verkehr es zuließ, fuhr er nach Hause und stellte das Auto auf dem Parkplatz ab, der laut Mietvertrag zu seiner Zwei-Zimmer-Wohnung gehörte.
Diese befand sich im vierten Stockwerk eines etwas heruntergekommenen, achtstöckigen Hochhauses.

Es war nicht gerade die luxuriöse Behausung, die zur Soldgruppe eines Kriminaloberkommissars passte, aber bei Erik war die Finanzlage auch etwas komplizierter. Er zahlte monatlich einen recht großen Betrag für den Unterhalt seiner Exfrau und der Kinder und sah es nicht ein, den Rest seines Gehaltes für die Miete einer schönen Wohnung auszugeben, in der er dann doch nur allein vorm Fernsehgerät sitzen und Fußball schauen würde.

Erik öffnete die Haustür und sie standen in einem Treppenhaus, welches nicht wirklich einladend wirkte.

Die Wände waren mit cremeweißen Kacheln gefliest. Ein Teil der Fliesen war aber zerbrochen oder fehlte.

Überall hatten Jugendliche ihrer poetischen Ader freien Lauf gelassen und mit verschiedenfarbigen Permanent-Markern unanständige Bilder oder Sprüche auf die Wände gekritzelt.

Erik öffnete die Tür des Aufzuges und ließ Tanja zuerst einsteigen.

Er drückte den Knopf für die vierte Etage, die Tür schloss sich und der Fahrstuhl setzte sich in Bewegung.

Tanja schaute sich um. Der Aufzug wirkte nicht ganz so abstoßend wie das Treppenhaus, da er offenbar erst vor kurzem erneuert wurde.

Da sie nicht wusste, wie ansprechend sie die Einrichtung von Eriks Wohnung finden würde, änderte sie kurzerhand den geplanten Verlauf des Abends etwas ab.

Tanja betätigte den Notfallknopf und schlagartig blieb der Fahrstuhl zwischen der dritten und vierten Etage stehen.

Erik schaute sie erstaunt an. Damit hatte er nicht gerechnet. Aber bevor er etwas sagen konnte, griff Tanja ihn mit beiden Händen am Hinterkopf und zog ihn so fest sie konnte an sich heran.

Sie drückte ihre geöffneten Lippen auf seinen Mund und begann sofort mit ihrer Zungenspitze, auch seine Lippen auseinander zu drücken.

Erik konnte zwar noch nicht richtig glauben, was ihm gerade passierte, ließ sich aber sofort darauf ein. Er ließ seine Zunge in ihren Mund gleiten und fasste Tanjas Hüfte mit beiden Händen.

Eine ganze Weile standen sie so fast unbeweglich und tasteten gegenseitig ihre Mundhöhlen mit der Zunge ab.

Dann schubste Erik die wunderschöne Frau langsam zurück und drückte sie gegen die Aufzugstür.

Tanja stöhnte leise auf und hob langsam ihr Knie an, bis sie sein hartes Glied durch den Stoff seiner Hose spürte.

Erik blieb kurz regungslos stehen. Als sie das Bein wieder runter nahm, ging er vor ihr auf die Knie. Vorsichtig schob er ihren Rock hoch und blickte kurz darauf auf einen kleinen weißen Slip. Der Stoff war schon völlig durchnässt und durchsichtig.

Gierig schob der Polizist den Stoff zur Seite und schon befand sich direkt vor seinem Gesicht eine bildhübsche, komplett glatt rasierte Vagina.

Die Schamlippen glänzten so feucht, dass Erik nicht widerstehen konnte. Genüsslich taucht er mit seiner Zungenspitze so tief es ging zwischen die nassen Lippen und tastete sie regelrecht von der Innenseite her ab. Der Geschmack auf der Zunge war unbeschreiblich.

Tanja stöhnte zitternd und spreizte die Beine weiter, wodurch sich die Vagina etwas weiter öffnete.

Erik empfand das als Einladung, das Geschlechtsteil der jungen Regierungsangestellten intensiver zu bearbeiten. Als nächstes schob er daher seinen Finger tief in die Vagina hinein. Sie fühlte sich angenehm warm, nass und eng an. Tanja griff plötzlich sein Handgelenk und begann, es zunächst langsam, dann aber immer schneller werdend vor und zurück zu schieben. So versenkte Erik seinen Finger immer wieder tief zwischen ihren Schamlippen.

Da sie offenbar durch die Bewegungen immer erregter wurde, nahm er bald auch noch den Mittelfinger und den Ringfinger zur Hilfe.

Tanjas Vagina war fast zu eng, um darin drei Finger vor und zurück zu schieben. Aber sie war so nass, dass es gerade eben passte.

Tanja rüttelte inzwischen mit einer unheimlich hohen Geschwindigkeit an Eriks Handgelenk. Er spürte, wie ihr ganzer Unterleib immer stärker zitterte, während seine Finger durch das enge, nasse Loch flutschten. Sie steuerte gerade offenbar auf einen sehr intensiven Orgasmus zu und begann, laut zu schreien. Dass sie sich im Fahrstuhlschacht eines Hochhauses befand und die Geräusche deshalb hervorragend auf sämtlichen Etagen zu hören waren, störte sie nicht im Geringsten.

Dann verstummte sie und schloss genüsslich die Augen. Sie hatte gerade einen unvergesslichen sexuellen Höhepunkt erlebt.

Nach einigen Sekunden öffnete sie die Augen wieder und schaute auf den vor ihr knienden Erik herunter, der bewegungslos vor ihr verweilte und sich nicht sicher war, wie es nun weitergehen würde.

Dann konnten die Beiden ein lautes Klopfen und einige ungeduldige Rufe zu hören, deren Ursprung offenbar oberhalb des Aufzuges war.

Genau konnten sie die Rufe nicht verstehen, aber es beschwerten sich eindeutig mehrere Personen im fünften oder sechsten Stockwerk über den blockierten Fahrstuhl.

Da Tanjas Lustschreie im ganzen Haus zu hören waren, glaubte mit Sicherheit auch niemand an ein technisches Problem im Aufzug.

Tanja lächelte Erik zufrieden an und schubste ihn dann ohne Vorwarnung um.

Als er dort wie ein umgedrehter Käfer mit dem Rücken auf dem Boden des Aufzuges lag, kniete sich nun Tanja vor ihn und begann seine Hose zu öffnen. Nachdem Knopf und Reißverschluss überwunden waren, griff sie gierig in seinen Slip und brachte seinen knallharten Penis und den Hodensack zum Vorschein.

Dann kletterte sie einfach auf Eriks Hüfte, griff sein Glied, setzte sich auf ihn drauf und führte es gleichzeitig langsam in ihre tropfnasse Vagina ein.

Sie begann mit langsamen Reitbewegungen, wobei das Glied immer wieder einige Zentimeter aus der Vagina heraus und dann wieder hinein rutschte. Dabei entstand ein schmatzendes Geräusch, welches beide als unheimlich erregend empfanden.

Erik griff mit beiden Händen nach Tanjas Hüfte und unterstützte ihre Bewegungen, indem er die junge Frau immer wieder etwas anhob und dann auf seinem steifen Penis landen ließ.

Diesen Griff um die Hüfte musste er aber nach kurzer Zeit wieder aufgeben, da sein Drang, ihre Bluse zu öffnen und ihre Brüste freizulegen einfach zu groß war. Er griff mit beiden Händen in den Kragen der Bluse und riss den Stoff ruckartig auseinander.

Die Knöpfe flogen in alle Himmelsrichtungen. Das Geräusch, das bei ihrem Auftreffen auf den Wänden und dem Boden des Fahrstuhls entstand, erinnerte an eine zerrissene Perlenkette.

Nun versperrte nur noch ein knallroter BH Eriks freie Sicht auf Tanjas Brüste.

Also zog er die Bluse aus dem Bund von Tanjas Rock heraus und griff mit beiden Händen unter den Stoff hinter ihrem Rücken. Erik war nicht wirklich geübt im Öffnen von Dessous, aber nach ein paar Sekunden fielen die Träger des BH nach unten und direkt über seinem Kopf befanden sich zwei wunderschöne runde Brüste, die genau die richtige Größe hatten. Die Brustwarzen waren hart und spitz und der gesamte Busen schaukelte sinnlich im Rhythmus der Reitbewegungen mit.

Erik konnte nur zugreifen. Es war wie ein Reflex, den er gar nicht steuern konnte. In jeder Hand hatte er nun eine runde, weiche Brust.

Er beugte sich mit dem Oberkörper nach oben, da er unbedingt an Tanjas Brustwarzen lutschen wollte. Es war gar nicht so einfach, bei dieser tanzenden Bewegung der gesamten Oberweite, einen Nippel mit den Lippen einzufangen. Nach einigen Versuchen schaffte er es aber.

Gierig nuckelte und saugte er an ihrer rechten Brustwarze, während er gleichzeitig im Takt der Reitbewegungen seine Hüfte nach oben stieß.

Tanja griff hinter ihren Rücken und Erik spürte, wie ihre geschickten Finger begannen, seine Hoden zu kraulen.

Dann konnte er seinen Höhepunkt nicht länger zurückhalten. Er ließ ihre Brüste los, griff wieder nach ihrem Becken und stieß noch ein paar Mal sein hartes Glied tief zwischen Tanjas Schamlippen, bis der Samen in einer großen Fontaine aus seiner Eichel sprudelte. Sie spürte, wie der Penis in ihrer Vagina zuckte, ritt aber einfach weiter, obwohl Erik schon fast regungslos und erschöpft unter ihr auf dem Fahrstuhlboden lag.

Erst als sie spürte, wie das Sperma langsam aus ihrer Vagina heraus floss, wurde sie ruhiger.

Eine Weile verharrten die Beiden regungslos in ihrer Liebesposition. Dann stand Tanja langsam auf, schob ihr Höschen wieder an die richtige Stelle und zupfte den Rock wieder in Form.

Dann lächelte sie Erik an, der inzwischen auch aufgestanden war und gerade den Reißverschluss seiner Hose hochzog.

„Trinken wir jetzt einen Kaffee bei dir?"

„Klar." Erik sammelte die Knöpfe von Tanjas Bluse auf und betätigte noch einmal den Notfallknopf.

Der Aufzug setzte sich wieder in Bewegung.

**Verhängnisvoller Fehler**

Lars Jablonsky schaute auf sein Handgelenk. 10:23 Uhr zeigte die zerkratzte Digitaluhr mit dem Gummiarmband.

Auch wenn auf dem Hof der „Autoverwertung Taschner" nicht viel los war, musste er lange suchen, um einen Parkplatz zu bekommen, da sich direkt neben dem Schrottplatz ein Einkaufszentrum befand, welches jeden Samstag gut besucht war.

Schließlich fand er eine freie Lücke zwischen einem roten Opel Omega Caravan und einem grünen Ford Focus.
Geschickt rangierte der Elektriker seinen eigentlich recht unhandlichen Volvo 850 zwischen die beiden anderen Fahrzeuge.

Er stieg aus und ging zum Bürocontainer des Schrottplatzes.

Nachdem er die Tür öffnete und eintrat, saß vor ihm am Schreibtisch ein junger Mann, der ihn fragend anschaute.

Freundlich sagte Lars: „Guten Morgen. Ich sollte hier heute Morgen den Anlasser für einen 89er Colt Diesel abholen…"

Carsten Taschner wirkte überrascht: „Davon weiß ich gar nichts.
Gestern saß hier unsere Aushilfe. Ich schau mal, ob er hier Etwas hinterlegt hat…"

Carsten durchstöberte die Zettel auf dem Schreibtisch. Dann seufzte er, stand auf und ging zu einem Regal an der Rückwand des Containers. Dort lagen diverse mit Zettelchen beklebte Fahrzeugteile.

Nach kurzer, offenbar erfolgloser Suche drehte er sich wieder um und schaute Lars Jablonsky traurig an:
„Es tut mir leid. Ich finde hier leider überhaupt nichts. Ich kann mir auch nicht vorstellen, dass wir in letzter Zeit Teile für so einen alten Colt rein bekommen haben.
Sind Sie sicher, dass Sie nicht bei einer anderen Autoverwertung angerufen haben?"

Lars war stinksauer: „Wollen Sie mich verarschen? Ich weiß ganz genau, wo ich angerufen habe. Jetzt bin ich den ganzen Weg aus Plettenberg umsonst hierher gefahren? Toll!"

Wütend verließ er den Container und stieg wieder in seinen Wagen.

Es dauerte etwa 45 Minuten, bis er seinen Wagen wieder auf dem alten Bauernhof abstellte, den er von seinen Eltern geerbt hatte.

Die Gebäude des schon lange nicht mehr bewirtschafteten Hofes waren stark sanierungsbedürftig. Lars nutzte eigentlich nur das Hauptgebäude als Wohnbereich.

Da die Immobilie komplett abbezahlt war, konnte er sich zwar die Miete sparen, aber die Heizkosten der schlecht isolierten Gebäude mit den einfach verglasten Fenstern verschluckten fast sein komplettes Gehalt als Elektroinstallateur.

Lars öffnete die alte Holztür und betrat das Haupthaus. Er ging in die Küche und schaltete den Kaffeevollautomaten ein. Das Gerät hatte viel Geld gekostet und war sein ganzer Stolz. Es war aber auch der einzige Luxusgegenstand, den er besaß.

Nachdem die Kaffeemaschine startklar war, nahm Lars einen Kaffeebecher von der Tassenvorwärmplatte und betätigte zweimal hintereinander den Espressoknopf.

Während er darauf wartete, dass sein Kaffee gemahlen und aufgebrüht wurde, schaute er aus dem Küchenfenster.

Dann runzelte er die Stirn. In etwa 100 Metern Entfernung sah er einen roten Opel Omega Caravan, der dort auf dem unbefestigten Rand der Landstraße parkte.

Lars glaubte, genau diesen Wagen noch vor einer Stunde vor dem Schrottplatz in Iserlohn gesehen zu haben. Aufgeregt ging er ins Wohnzimmer und

suchte sich ein großes altes Fernglas aus einer Schublade der Schrankwand.
Dann ging er wieder zum Küchenfenster und beobachtete das Auto durch das Fernglas.

Der Omega war nicht einfach nur geparkt. Am Steuer saß ein Mann und schaute zum Hof herüber.

Lars nahm sein Handy und wählte die eingespeichert Nummer.

Er wurde etwas unfreundlich von einer Frauenstimme begrüßt: „Was willst du?"

„Herrin, ich werde verfolgt. Ich glaube, die Polizei sucht nach Euch!"

„Mach dich nicht lächerlich. Wie kommst du auf so einem Mist?"

„Ich wollte eben den Anlasser für Euer Auto abholen. Aber angeblich hatte plötzlich niemand das Teil, obwohl es mir gestern zugesagt wurde…"

„Das ist jetzt nicht dein Ernst, oder? Du nervst mich wegen einem schusseligen Schrottplatz-Penner!?"

„Nicht nur. Ich werde wirklich verfolgt. Eben stand ein roter Omega Kombi vor dem Schrottladen. Und jetzt steht genau dieser Wagen vor meinem Hof. Außerdem sitzt da ein Typ drin, der immer hier aufs Haus guckt…"

Jetzt wurde die Dame etwas interessierter: „Wie sieht der Kerl aus?"

„Die Figur weiß ich nicht. Er sitzt bis jetzt nur im Auto.
Er hat kurze blonde Haare und ist so etwa 35 oder 40, schätze ich…
Das gefällt mir nicht Herrin. Neulich haben die Bullen ja schon auf meiner Firma wegen den Kabelbindern rumgenervt."

„Ich glaube, ich weiß genau, wer das da draußen ist.

Bleib einfach heute im Haus. Ich kümmere mich um den Kerl…"

„Danke, Herrin."

Katrin Dilling saß in ihrem Mitsubishi Colt, der neben der Zapfsäule Nr. 3 abgestellt war.
Sie rauchte in aller Ruhe ihre Zigarette zu Ende.

Es war inzwischen Sonntag, 03:14 Uhr.

Katrin hatte fast den gesamten Samstag damit verbracht, Bernd Schilling zu verfolgen, um endlich rauszubekommen, wo er wohnte.
Dafür hatte sie sich extra bei einem Autoverleih einen Audi A1 angemietet. Währe sie im Colt hinter ihm hergefahren, hätte er sie mit Sicherheit sofort bemerkt.
Nachdem Schilling bis zum späten Nachmittag vor Lars Jablonskys Haus gewartet hatte, war er endlich losgefahren.
Katrin war ihn bis zu einem Bauernhof in Wiblingwerde hinterher gefahren. Offenbar lebte er zur Zeit tatsächlich in einem alten Wohnwagen, der dort abgestellt war.

Jetzt wurde es aus Katrins Sicht aber dringend Zeit, Bernd Schillings Leben zu beenden.

Zum einen hatte sie das bereits vor zwei Tagen am Lenneufer vorgehabt und zum anderen war Katrin sich nicht sicher, was Bernd inzwischen alles über sie herausgefunden hatte.
Immerhin hatte er ihr die Latexmaske vom Kopf gerissen und sie wusste nicht genau, ob er dabei ihr Gesicht gesehen hatte. Und er hatte auf dem Schrottplatz ihren treuen Sklaven Lars Jablonsky

aufgespürt. Also wusste er mit Sicherheit, was für ein Fahrzeug Katrin fuhr und welches Ersatzteil sie dafür offensichtlich benötigte.

Inzwischen war Katrin allerdings wieder mit ihrem Mitsubishi Colt unterwegs, da es ihr zu teuer war, den Audi für mehrere Tage zu mieten.

Nun war sie hier an der Tankstelle, um sich das nötige Material für ihren Plan zu besorgen.
Nachdem sie die Zigarette im Aschenbecher ausgedrückt hatte, stieg sie aus und nahm einen großen Benzinkanister aus dem Kofferraum. Sie schraubte das Ausgießrohr auf und goss etwa zwei Drittel des Dieselkraftstoffs in den Tank ihres Wagens.
Dann nahm sie die Zapfpistole für Super-Kraftstoff von der Säule und füllte ihren Kanister damit wieder auf.
Nachdem sie Kanister mit dem Benzingemisch wieder im Kofferraum verstaut hatte, ging sie zum Fenster des Kassenhäuschens und bezahlte dort.
Um diese Uhrzeit war der normale Verkaufsraum der Tankstelle aus Sicherheitsgründen geschlossen.

Katrin fuhr weiter und kam gegen 03:31 Uhr auf dem Hof der Familie Wagner an. Sie stoppte den Motor, stieg aus und schloss die Autotür so leise sie konnte.

Da aus keinem der Fenster von Bernds Wohnwagen Licht schien, ging Katrin davon aus, dass er schlief.

Sie nahm ihren Benzinkanister aus dem Kofferraum und ging leise durch die Wiese zum Wohnwagen. Dort konnte sie ein leises Schnarchen hören und war daher beruhigt. Bisher verlief alles genau nach Plan.

Katrin schraubte den Deckel des Kanisters ab und begann, das Benzingemisch so großzügig an die Aluminiumwände des Wohnwagens zu gießen, dass der größte Teil der Flüssigkeit daran herunter lief und Pfützen im Gras bildete. Sie umrundete dabei den kompletten Anhänger.

Dem Staufach für die Gasflaschen, welches sich vorne auf der Deichsel des Wohnwagens befand, widmete die junge Frau zum Schluss besondere Aufmerksamkeit. Sie überschüttete das gesamte Staufach mit der leicht entflammbaren Flüssigkeit. Auch den Boden darunter tränkte sie regelrecht mit dem gemischten Kraftstoff.

Danach ging sie rückwärts zu ihrem Wagen und ließ dabei durchgehend Flüssigkeit aus dem Kanister ins Gras fließen.
Als sie wieder bei ihrem Colt angekommen war, befand sich nur noch ein kleiner Rest der Flüssigkeit im Kanister. Den verteilte sie einige Meter vor dem Auto, stieg ein und warf den leeren Kanister auf den Beifahrersitz.

Katrin drückte den Zigarettenanzünder des Kleinwagens tief in die dafür vorgesehene

Steckdose hinein, steckte sich eine Zigarette in den Mund und wartete einige Sekunden, bis der Anzünder erhitzt zurück schnappte.
Sie entnahm ihn und zündete damit ihre Zigarette an.

Danach warf sie den glühenden Anzünder zielgenau in die Treibstoff-Pfütze die sie vor ihrem Auto platziert hatte.

Einen Augenblick später fing das Kraftstoffgemisch Feuer. Die Mischung war ideal für Katrins Vorhaben. Durch den hohen Benzinanteil war die Flüssigkeit hochentzündlich. Der Dieselanteil führte zu einer langen Brenndauer.
Rasend schnell breiteten sich die Flammen aus und verfolgten genau den Pfad, den die Frau kurz zuvor abgeschritten hatte.

Am Wohnwagen angekommen verwandelten sich die bisher noch mittelmäßig hohen Flammen zu einer riesigen Feuerwand, die den Campinganhänger in Bruchteilen von Sekunden komplett einschlossen.

Katrin hätte sich das Spektakel gern bis zum Ende miterlebt, wollte hier aber auf gar keinen Fall gesehen werden.

Daher drehte sie den Zündschlüssel, um den Motor zu starten.
Zunächst entwich dem Motorraum nur das kratzende Geräusch des streikenden Anlassers.

Beim zweiten Versuch sprang der Colt an. Katrin gab Gas bis die Reifen durchdrehten.

Sie entfernte sich schnell vom Ort des Geschehens.

Das kratzende Geräusch des Anlassers weckte Bernd.

Er hatte fest geschlafen und war sich nun nicht sicher, ob es nur ein Albtraum war oder ob er das Geräusch gerade wirklich gehört hatte.

Aber Etwas stimmte hier nicht. Bernd hörte jetzt ein prasselndes Knistern, was ihn an ein Lagerfeuer erinnerte.

Auch schien die Luft im Wohnwagen sehr rauchig zu sein.

Schlagartig saß er aufrecht im Bett und schaltete einen Lichtstrahler ein. Da alle Fenster mit Rollos verdunkelt waren, konnte Bernd nicht sehen, was außerhalb des Campinganhängers geschah.

Außer einer leichten Rauchwolke an der Decke war nichts zu sehen.

Es war unheimlich heiß.

Der Wohnwagen brannte!

Bernd sprang auf, drückte die Schiebetür seines Schlafabteils zur Seite und bewegte sich so schnell er konnte zur Tür. Dass er nur mit einer Unterhose bekleidet war, interessierte ihn nicht. Ihm war klar, dass er hier sofort raus musste.

Er griff nach dem Riegel der Tür, um sie zu öffnen.

In diesem Augenblick explodierte die Propangasflasche.

Die Aluminiumwände des Wohnwagens zerfetzten wie Papier. Der gesamte Anhänger wurde schlagartig in viele kleine Stücke gerissen.

Bernds linker Arm und sein linker Unterschenkel wurden von Stahlsplittern der zerrissenen Gasflasche getroffen und waren sofort vom Rest des Körpers abgetrennt.

Der Polizist war bereits tot, als er durch die Wucht der Explosion gegen die Scheunenwand geschleudert wurde.

Die Teile des Wohnwagens regneten brennend auf der gesamten Wiese nieder.

Bernds zerfetzter Unterschenkel landete im Gras.

Sein abgerissener Arm schlug gegen die Windschutzscheibe eines alten Wohnmobils und rutschte dann daran herunter, bis er auf der Motorhaube liegen blieb.

Wo ursprünglich der Wohnwagen stand, befand sich jetzt nur noch ein flaches, verbogenes Stahlgestell mit brennenden Reifen.

## Schlechte Nachrichten

Es war 11:13 Uhr. Erik stand gutgelaunt in seiner kleinen Küche und briet Speckwürfel fürs Rührei an, welches seiner Meinung nach zu einem ausgiebigen Sonntagsfrühstück dazu gehörte.

Tanja befand sich im Badezimmer und duschte gerade. Sie war seit Freitag bei ihm geblieben. Einen Großteil der Zeit hatten sie im Bett verbracht.

In diesem Moment klingelte Eriks Handy. Er konnte die im Display angezeigte Mobilfunknummer nicht sofort zuordnen und nahm daher den Anruf einfach an.

„Paschek."

„Hallo Erik, Hier ist Gerd Ebers von der Kriminalwache Hagen."

„Hi, was gibt es?" Erik war überrascht. Er war schon lange nicht mehr am Wochenende mit dienstlichen Belangen belästigt worden. Aber Gerd Ebers kannte ihn auch nicht gut genug, als dass es ein privater Anruf unter Freunden hätte sein können.

„Bernd Schiller ist tot."

Erik konnte nicht glauben, was er da hörte: „Du verarschst mich doch, oder?"

„Leider nicht. Heute Nacht ist sein Wohnwagen in Wiblingwerde explodiert. Und es war kein Unfall."

„Kacke. Wisst ihr schon Irgendwas?"

„Nur, dass es scheinbar ein ganz einfaches Benzinfeuer war.
Dabei ist wohl eine Gasflasche im Wohnwagen explodiert. Jeder Idiot hätte das machen können.
Ich rufe nur an, weil du Bernd ja gut kanntest. Ihr habt doch ständig zusammen gearbeitet.

Hast du irgendeine Idee?
Habt ihr jemanden zu sehr geärgert?
Kann es was mit der Mordkommission zu tun haben? Seid ihr da irgendwie weiter gekommen als die Anderen wissen?"

„Nee, überhaupt nicht. Bei der Kabelbindergeschichte kam bis jetzt ja nichts rum.

Und an sonstigen Anzeigen hatte er nur so doofen Kleinkram in Arbeit.
Nichts, wofür jemand einen Polizisten kalt machen würde..."

„Alles klar. Hast du zufällig die Telefonnummer von eurer Praktikantin? Wie heißt die eigentlich? Da muss ich auch noch mal nachfragen."

„Beate Schnitzler. Eine Telefonnummer habe ich aber auch nicht."

„Ok, ich schau mal, ob ich da irgendwie anders dran komme.

Du kriegst den Mist natürlich noch mal als Papierkram und kannst dann was Schönes dazu schreiben. Aber ich wollte schon mal auf die Schnelle wissen, ob du einen Verdacht hast.

Dann bis Morgen."

„Tschau." Erik legte auf und schaltete den Herd aus.

Die Speckwürfel waren rabenschwarz und nicht mehr essbar. Er setzte sich an den Küchenstuhl und zündete sich einen Zigarillo an.

Dann nahm er wieder sein Smartphone in die Hand und wählte Beates Handynummer.

„Hi, Erik", meldete sie sich gut gelaunt.

„Hallo, Beate. Schlechte Nachrichten. Bernd ist tot. Jemand hat den Wohnwagen angezündet. Wenn dich gleich die Kollegen anrufen, sag ihnen nicht, was am Donnerstag los war. Die machen daraus einen riesigen Papierkrieg. Am Besten gehst du gar nicht ans Telefon.
Ich muss diese Drecksau erwischen."

Beate hatte plötzlich ein unheimlich starkes Schuldgefühl: „Verdammt, Erik. Er ist meinetwegen gestorben. Hätte ich ihn doch bloß nicht angerufen…"

Erik verstand nun gar nichts mehr: „Was war das? Warum hast du ihn angerufen und wann?"

Beate weinte, versuchte aber sich am Telefon verständlich auszudrücken: „Mein Freund arbeitet auf einem Schrottplatz. Am Freitag hat da jemand abends angerufen und nach einem Anlasser für einen alten Colt Diesel gefragt…"

Erik war jetzt hellwach und sehr konzentriert: „Wer?"

„Ich habe meinen Freund gebeten zu lügen. Er hat ihm dann gesagt, dass er das Teil am Samstag da hat…"

„Und weiter?"

„Ich hatte dann Bernd angerufen und ihm alles erzählt. Er wollte sich am Samstag auf die Lauer legen…"

„Und? Ist jemand zum Schrottplatz gekommen?"

„Ja. Du kennst ihn auch. Es war dieser Jablonsky. Der Typ von „Elektro Meinert", bei dem die Kabelbinder im Wagen gefehlt haben…"

„Das ist ja ein Hammer. Ein Zufall ist das jedenfalls nicht mehr…"

„Bestimmt nicht. Und Bernd ist hinter ihm hergefahren, als der Typ sein Teil nicht bekommen hat und stinksauer abgehauen ist.

Sonst würde er noch leben…"

„Das ist doch Quatsch, Beate. Er hat sich ganz alleine in diese Scheiße reingeritten.

Er war erwachsen und hat genau gewusst, wie irre diese Schlampe ist."

„Ich weiß nicht. Ich fühl mich total beschissen…"

„Lass uns morgen drüber reden. Du kannst mit Sicherheit nichts dafür.
Trink was. Das hilft ein bisschen. Ich werde das auch machen. Bis Morgen dann…"

Erik legte auf und nahm sich eine halbvolle Flasche Bourbon Whisky aus der Vitrine im Wohnzimmer. Der Morgen würde wohl nicht ganz so harmonisch verlaufen, wie er es gehofft hatte.

## Netter Besuch

Beate hatte sich an diesem Montag krank gemeldet. Ursprünglich waren der Grund dafür wirklich ihr schlechtes Gewissen und ihre Kopfschmerzen, nachdem sie am Vorabend auf Eriks Rat hin gemeinsam mit Carsten eine ganze Flasche Obstler geleert hatte.

Inzwischen hatte sie sich aber ein paar Gedanken zu dem Fall gemacht und war wild entschlossen, die Täterin hinter Schloss und Riegel zu bringen.

Aus diesem Grund befand sie sich nun hinter dem Hauptgebäude von Lars Jablonskys Hof.

Es war 16:48 Uhr und sie war sich noch nicht ganz sicher, ob sie hier verharren oder versuchen sollte, ins Haus zu gelangen, um weitere Informationen zu der gesuchten Serienmörderin zu bekommen.
Daher untersuchte sie die Fenster, um festzustellen, wie problematisch es sein würde, hier einzubrechen.

Beate kam zu dem Schluss, dass es sich um einfach verglaste Fenster mit morschen Holzrahmen handelte, von denen die weiße Farbe bereits abblätterte. Vermutlich würde ein einfacher Schraubenzieher ausreichen, um ein solches Fenster aufzuhebeln.

Dann sah sie, dass ihr offenbar schon jemand zuvor gekommen war.

Das große Wohnzimmerfenster war einen Spalt weit geöffnet. Auch waren am Rahmen im Bereich des Riegels ein paar leichte Hebelspuren erkennbar.

Beate überlegte gerade, ob sie es wagen sollte, durch das beschädigte Fenster ins Haus zu klettern, als sie ein Motorengeräusch hörte.

Sie schlich zum Ende der Fassade und schaute zur Straße. Dort fuhr gerade ein Volvo in die Grundstückseinfahrt des Hofes. Es war dasselbe Auto, mit dem Lars Jablonsky am Samstag zum Schrottplatz gekommen war.

Beate schlich wieder zurück zum Wohnzimmerfenster und duckte sich unter die Fensterbank.

Jablonsky würde sie hier nicht sehen können.

Nach kurzer Zeit hörte sie durch den Fensterspalt, wie die Tür zum Wohnzimmer geöffnet wurde. Dann hörte sie eine Stimme, die sie genau kannte, hier aber nicht erwartet hätte:

„Guten Abend, Herr Jablonsky. Ich habe da ein paar Fragen, die Sie mir mal beantworten könnten…"

Es war Erik. Also hatte er das Fenster aufgebrochen und im Haus auf Lars Jablonsky gelauert. Beate nahm sich vor, ihre heimlichen Privatermittlungen demnächst mit ihrem Kollegen vorher abzusprechen.

Sie hob den Kopf etwas an und spähte über die Fensterbank ins Wohnzimmer.

Jablonsky stand regungslos mitten im Wohnzimmer und starrte auf Erik, der sich gerade in aller Ruhe aus einem alten Sessel neben der geschlossenen Zimmertür erhob. Offenbar war Jablonsky gerade an ihm vorbei ins Wohnzimmer gelaufen, ohne ihn zu bemerken. Jetzt versperrte Erik ihm die einzige Tür, durch die er den Raum wieder verlassen könnte.

„Wie kommen Sie hier rein. Das ist Hausfriedensbruch. Ich werde Sie anzeigen…" stotterte Jablonsky hilflos.

„Blödsinn. Sie haben mich doch hereingebeten und mir einen Kaffee angeboten." Erik hob demonstrativ das große Glas mit dem dampfenden Latte Macchiato, den er sich wohl gerade erst zubereitet hatte.

„Mir reicht es jetzt. Ich rufe die Polizei." Lars Jablonsky ging nun direkt auf Erik zu und wollte ihn offenbar einfach aus dem Weg schieben.
Erik hatte das aber bereits erwartet und schüttete ihm das kochendheiße Getränk einfach ins Gesicht.

Der Elektroinstallateur schrie laut auf und hielt sich die Hände vor die Augen.

„Jetzt hören Sie mal mit dem Gewinsel auf. Ich komme ja gar nicht zu Wort.

Ich will doch nur wissen, wo ich ihre perverse Freundin finde, die so gern mit Kabelbindern und Benzin spielt…"

Jablonsky nahm die Hände runter und schaute Erik lächelnd an. Sein Gesicht war gerötet, aber die Augen konnte er wohl noch benutzen:
„Wie kommen Sie eigentlich darauf, dass es eine Frau war?
Ich bin halt bi und verkloppe gern Jungs beim Sex. Ab und zu geht dabei schon mal einer drauf…"

Erik war jetzt etwas überrascht über dieses fragwürdige Geständnis und brauchte mehrere Sekunden für eine passende Antwort:
„Klar, das glaube ich sofort.
Deshalb hat man auch überall an den Leichen Fotzenschleim von Lars Jablonsky gefunden, oder?!"

Ohne Vorwarnung schlug Erik ihm nun so hart mit der Faust ins Gesicht, dass er das Gleichgewicht verlor und rückwärts auf den Laminatboden stürzte.

Scheinbar gelangweilt schaute der Ermittler zu, wie er langsam wieder aufstand und dann mit dem Handrücken über seine blutende Unterlippe wischte.

Dann lachte Lars Jablonsky laut los: „Sie können mich ruhig den ganzen Abend verkloppen. Ich steh' da drauf.
Sonst hätte ich bestimmt nicht so eine Freundin…"

Erik Paschek grinste zurück: „Stimmt auch wieder. Dann rufen Sie halt ihren Anwalt an. Wir klären den Rest später auf der Wache."

Dann trat er zur Seite und wies mit einer einladenden Geste seiner linken Hand in Richtung Tür.
Zögernd ging Jablonsky an ihm vorbei und griff nach der Türklinke.

Er kam aber nicht dazu, sie zu öffnen, denn im gleichen Moment hob Erik sein rechtes Bein an und trat ihm so fest in den Rücken, dass er vorwärts durch die Glasscheibe der Tür stürzte und dahinter im Scherbenhaufen landete.
Während er sich erneut umständlich aufrichtete und dabei immer wieder Schmerzensschreie ausstieß, öffnete Erik langsam die beschädigte Tür und stellte sich neben sein Opfer:
„Ich hab es mir anders überlegt. Sie sagen mir lieber doch jetzt sofort, wo ich die Frau finde. Sonst bekomme ich noch schlechte Laune und werde unhöflich…"

Jablonsky zog eine kleine Glasscherbe heraus, die in seinem linken Unterschenkel steckte und schrie noch einmal vor Schmerzen auf.

150

„Sie verschwenden Ihre Zeit. Aus mir kriegen Sie nichts raus..."

Erik griff daraufhin in das lockige Haar des Elektroinstallateurs und zerrte ihn daran hinter sich her durch den Flur. Jablonsky schrie vor Schmerzen, folgte ihm aber.

Nun konnte Beate die Beiden nicht mehr sehen. Sie duckte sich wieder unter die Fensterbank und wartete.

Erik hatte schon vermutet, dass Lars Jablonsky nur ein willenloser Waschlappen seiner Herrin war.

Informationen würde er bestimmt nicht von ihm bekommen.
Aber deshalb war er eigentlich auch nicht hier in diesem Haus.
Er hatte vor, ihn so sehr in Panik zu versetzen, dass er den Fehler machen würde, sich möglichst bald nach Eriks nettem Besuch mit der mordenden Dame zu treffen.
Außerdem hatte der Ermittler viel Freude daran, diesen Mann zu quälen, der seiner Meinung nach bestimmt in irgendeiner Form Hilfe bei der Ermordung seines Freundes und Kollegen geleistet hatte.

Erik war Lars Jablonsky schon morgens auf dem Weg zu Firma „Elektro Meinert" gefolgt. Weil Jablonsky unterwegs an einer Tankstelle gehalten hatte, um Kraftstoff aufzufüllen, hatte Erik beschlossen, dass der Platz unter der Tankabdeckklappe ein idealer Ort für seinen „Peilsender" sein würde.
Da Erik allerdings nicht für den britischen Geheimdienst arbeitete, sondern nur ein Polizeibeamter war, der sich für diesen Tag krank

gemeldet hatte, sah sein Peilsender auch etwas anders aus als in einem Agentenfilm.

Nachdem alle Firmenwagen von „Elektro Meinert" den Betriebshof verlassen hatten und scheinbar alle Beschäftigten auf dem Weg zu ihren Baustellen waren, war Erik auf den Hof geschlichen, hatte die Tankklappe des alten Volvo geöffnet, Tanjas rosafarbenes Klapphandy darunter abgelegt und die Klappe wieder geschlossen.
Da er bereits am Sonntag Tanjas Handynummer bei einem Internetservice registrieren lassen hatte, mit dessen Hilfe besorgte Eltern den Standort ihrer Kinder orten lassen konnten, war Erik nun in der Lage, jederzeit die Position von Jablonskys Wagen mit seinem Smartphone abrufen zu können.

Nun zerrte er gerade den vor Schmerzen schreienden Elektriker an dessen Haaren hinter sich her in Richtung Badezimmer.
Dort angekommen schleuderte er ihn mit einem festen Ruck an der Frisur auf den Flieseboden und ließ ihn los.

Erneut begann Lars Jablonsky, seinen Oberkörper hoch zu drücken und sich auf die etwas wackeligen Beine zu stellen.

Die Zeit, die er dafür brauchte, nutzte Erik, um sich ein Deospray von der Ablage über dem Waschbecken zu angeln.

Als Jablonsky endlich wieder aufrecht vor ihm stand, seinen Mund öffnete und ihm gerade triumphierend mitteilen wollte, dass er es geradezu genoss, sich von Erik misshandeln zu lassen, hatte dieser bereits das Deospray in der rechten Hand und hielt sein Sturmfeuerzeug in der linken Hand direkt vor die Sprühvorrichtung.

Noch bevor der gequälte Mann seinen Satz herausbrachte, betätigte der Polizist gleichzeitig Deospray und Feuerzeug.

Der duftende Nebel, der die Spraydose verließ, verwandelte sich schlagartig in eine große Stichflamme, die den Elektroinstallateur mitten im Gesicht traf. Dieser schloss instinktiv seine Augen und schrie vor Schmerzen laut auf.

Erik hatte den Sprühknopf schon längst wieder losgelassen und schaute interessiert zu, wie Jablonsky sich mit beiden Handflächen auf den Lockenkopf und den Schnurbart schlug, um die kleinen Flammen in den vor sich hin glimmenden Haaren zu löschen.

„Und Sie wollen mir wirklich nicht sagen, wo ich die Frau finden kann?"

Ein beißender Geruch lag in der Luft, aber Lars Jablonsky hatte das Feuer im Gesicht und auf dem Kopf ausgeschlagen.

Der Polizist nahm ein Handtuch, das zum Trocknen auf einem Heizkörper hing, stopfte es ins Waschbecken und öffnete den Wasserhahn. Dann warf er dem Elektroinstallateur den nassen Stoff zu. Dieser fing ihn dankbar auf und rieb sich damit sofort den gesamten Kopf ab.

Die starken Schmerzen ließen sofort nach, als Kopfhaut und Gesicht mit dem kühlen Tuch in Berührung kamen.

Nach kurzer Zeit nahm er das Handtuch herunter und sah Erik schmerzhaft lächelnd ins Gesicht.

Das mittelblonde, lockige Haar war an vielen Stellen erheblich kürzer geworden und mit einer dunklen, kohlenstoffhaltigen Schicht bedeckt.

Haarwurzeln schienen aber nicht angegriffen zu sein. Die Lockenpracht würde also wieder nachwachsen können. Der Oberlippenbart war in ähnlichem Zustand.

Das Gesicht war stark gerötet. Vermutlich würden sich diverse Brandblasen bilden.

„Machen Sie ruhig weiter. Das macht mich total geil. Ich spritze gleich los…"

„Dann bringe ich mich wohl besser in Sicherheit, damit Sie mich nicht vollkleckern.

Aber keine Sorge, ich komme ja bald wieder und dann schmusen wir weiter."

Erik ließ den ramponierten Jablonsky allein im Badezimmer zurück. Er verließ dass Haus und ging in Richtung Straße.

Ein paar hundert Meter musste er noch laufen, um seinen VW Bus zu erreichen.

Unterwegs klingelte sein Smartphone. Auf dem Display wurde Tanjas Festnetznummer angezeigt.

„Hi, Süße. Was gibt es?"

„Hallo. Ich wollte fragen, wann du mit dem Arschloch fertig bist.
Ich wollte uns gleich was Leckeres kochen uns so..."

„Cool. Ich bin auf dem Weg. Gib mir 20 Minuten."

„Die Typen von der Hagener Kripo waren stinksauer. Sie wollten unbedingt mit dir sprechen.

Eure Praktikantin hat sich auch krank gemeldet. Es gab hier also keinen, der was Genaueres über Bernd sagen konnte.

Borgmann war auch total stinkig."

„Tut mir leid. Das ging halt nicht anders. Beate war gestern aber auch ziemlich fertig."

„Na gut. Wann kriege ich eigentlich mein Handy wieder?"

„Keine Sorge. In zwei oder drei Tagen bring ich es dir zurück. Wenn nicht, kauf ich ein Neues."

„Ist ja schon gut. Aber jetzt beeil dich, oder ich zieh mein Höschen wieder an."

„Das muss natürlich verhindert werden. Ich beeil mich auch. Tschau."

Beate machte sich große Sorgen. Gerade hatte sie Jablonsky noch laut vor Schmerzen schreien gehört.

Dann war Erik einfach abgehauen und es war nichts mehr zu hören.

Sie hoffte sehr, dass er den Elektriker in seiner Wut nicht umgebracht hatte.
Vorsichtig öffnete die Auszubildende das Wohnzimmerfenster und kletterte über die Fensterbank ins Haus.
Ihr Blick fiel auf das Foto einer jungen Frau mit langen, blonden Haaren, welches gerahmt im Wohnzimmer hing.
Es war das einzige Foto hier. Ansonsten waren die Wände lieblos mit alten Filmplakaten beklebt, die Jablonsky vermutlich in irgendeiner Videothek bekommen hatte.
Sie ging durch die beschädigte Tür in den Flur und passte dabei gut auf, in keine Scherbe zu treten.
Dann hörte sie, wie Jablonsky im Badezimmer hustete und einen Wasserhahn aufdrehte.

So schnell sie konnte, schlich Beate zurück ins Wohnzimmer und ließ sich über die Fensterbank nach draußen gleiten. Dann drückte sie schnell noch das Fenster zu und duckte sich wieder.

In diesem Moment kam Jablonsky mit seinem Handy in der Hand ins Wohnzimmer und ließ sich aufs Sofa fallen. Er starrte das Foto der jungen Frau an, hielt sich das Mobiltelefon ans Ohr und begann sofort loszureden:

„Ich bin es.
Ihr müsst vorsichtig sein, Herrin. Mir hat gerade einer dieser Bullen im Haus aufgelauert. Die Sau hat mich total zusammengeschlagen und mir den ganzen Kopf verbrannt.
…
Nein, natürlich habe ich nichts gesagt. Ihr wisst doch, dass ich ganz schön was aushalte.
…
Sehen wir uns gleich? Wir müssen dringend besprechen, wie das jetzt weiter geht.
…
Wenn ich das gewusst hätte, hätte ich für Euch was mitgebracht. Ich war auch gerade einkaufen.
…
Ich hab es ja versucht. Das Scheißteil ist absolut nicht zu kriegen. Und neu bestellen ist zu teuer. Das ist die ganze Karre nicht mehr wert.
Springt er jetzt denn gar nicht mehr an?
…
Dann ist ja gut. Nur wenn Ihr dafür jetzt immer fünf oder sechs Versuche braucht, ist die Batterie bald platt. Habt Ihr ein Ladegerät zu Hause?
…
Hab ich leider auch nicht. Das Teil, das ich sonst immer aus der Firma mitbringe, ist im Augenblick auf einer Baustelle.
Aber wenn Ihr ja eh gerade im Laden seid, beim Autozubehör bekommt Ihr bestimmt eins. Das ist hinten neben der Getränkeabteilung.

So ein billiges Mistding für 20 Euro reicht ja schon. Ich komm dann später vorbei und schließe es an.

…

Ist ok. Ihr meldet Euch dann einfach, wenn es passt. Bis bald."

Dann steckte Jablonsky sein Mobiltelefon in die Hosentasche und ging wieder in den Flur.

Beate schlich leise ums Haus bis zur Hofeinfahrt und lief dann so schnell sie konnte zur Straße. Etwa 50 Meter neben der Einfahrt befand sich eine Bushaltestelle, die sie ansteuerte.
Sie nahm ihr Handy und wählte Eriks Nummer.

„Beate, wie geht es dir?"

„Ist schon ok. Ich muss dir dringend was sagen…"

„Was kann ich für dich tun?"

„Ich war gerade auch bei Jablonsky und hab gesehen, was du mit ihm gemacht hast…"

„Oh, das solltest du natürlich eigentlich nicht. Aber ich hatte halt eine Scheißwut auf dieses Arschloch. Ich kannte Bernd fast 20 Jahre…"

„Versteh ich ja. Als du weg warst, hat er aber mit der Frau telefoniert. Ich glaube, sie ist gerade hier in Plettenberg im Extrem-Markt…"

„Hat er das am Telefon gesagt? Das wäre der Hammer…"

„Nicht direkt. Aber sie ist gerade wohl einkaufen. Er hat ihr gesagt, dass sie ein Batterieladegerät kaufen soll. Und er hat auch gesagt, dass das Autozubehör neben der Getränkeabteilung ist.
Genau so ist das hier in dem Laden aufgeteilt…"

„Da bist du sicher?"

„Ja. Ich war auch erst letzte Woche da einkaufen."

„Danke. Du hast was gut bei mir. Ich versuch mal, ob ich die Schlampe da finde…"

„Weißt du, wie sie aussieht?"

Nö, woher auch? Aber ich schau mal, ob ich den Colt auf dem Parkplatz finde…"

„Hast du das Foto in seinem Wohnzimmer gesehen? Das, wo die Frau drauf ist…"

„War ja nicht zu übersehen. Sonst gab es ja keine Bilder. Ist bestimmt seine Wichsvorlage…
Oder meinst du echt, dass sie das ist?"

„Ich glaube schon. Er hat dauernd zu dem Bild geschaut, als er telefoniert hat."

„Das hilft mir jetzt wirklich weiter. Danke. Bis später."

Erik legte auf, fuhr an den Straßenrand und wendete sein Fahrzeug.
Tanja würde leider noch etwas Geduld haben müssen...

## Einkaufsbummel

Lars Jablonsky hatte nach seinem Anruf bei Katrin Dilling noch einmal etwa 20 Minuten im Badezimmer verbracht. Er hatte sich mit einer Schere die verbannten Stellen aus Kopfhaar und Oberlippenbart geschnitten und die Haarlängen wieder angepasst, so gut er es selbst halt konnte. Er sah aber immer noch sehr gerupft aus.
Dann hatte er eine komplette Tube Wund- und Heilsalbe im Gesicht verteilt, wodurch seine knallrote Haut inzwischen käsebleich erschien.

Die Schnittwunde im Bein, die er sich beim Sturz durch die Glasscheibe zugezogen hatte, war inzwischen mit einem großen Pflaster versorgt. Die blutverschmierte Jeans hatte er entsorgt und durch eine andere Hose aus seinem Kleiderschrank ersetzt.

Jetzt brauchte er dringend etwas Ruhe und Erholung. In seiner Hand hielt er nun eine Tasse mit einem doppelten Espresso. Damit wollte er es sich vor dem Fernsehgerät im Wohnzimmer gemütlich machen.
Aber als er sich gerade aufs Sofa fallen lassen wollte, fiel sein Blick auf das angelehnte Fenster. Es war einen Spalt weit geöffnet.
Das war ihm eben noch nicht aufgefallen.

Zwar war ihm bewusst, dass dieser aggressive Polizist ja auch irgendwie ins Haus gekommen sein musste, aber er wollte das Fenster auf jeden Fall genauer untersuchen.

Er drückte es auf und schaute hinaus. Da war niemand, aber in der matschigen Wiese hinterm Haus konnte Jablonsky Schuhspuren erkennen. Offenbar waren es sogar Spuren von verschiedenen Personen.

Er erkannte sofort Abdrücke von großen Turnschuhen, die er dem gewalttätigen Kriminalbeamten zuordnete.

Aber da waren noch andere, kleinere Abdrücke. Auch diese schienen von einer Art Turnschuh zu stammen, aber sie waren entweder von einer Frau oder einem Kind.

Lars Jablonsky ging zum Küchenfenster und griff sich das Fernglas, was dort immer noch auf der Fensterbank lag.

An der Bushaltestelle stand eine Frau. Durch das Fernglas erkannte er sie. Es war die Kollegin des Polizisten. Wenn sie auch hier hinterm Haus gewesen war, hatte sie aber möglicherweise gerade das Telefonat mit Katrin mitbekommen.

Jetzt musste er dringend handeln. Er stürzte aus dem Haus, sprang in seinen Volvo und startete den Motor. Dann gab er Vollgas und fuhr mit quietschenden Reifen los.

Er brauchte nur ein paar Sekunden, bis er die Bushaltestelle erreichte. Dort hielt er an und sprang aus dem Auto, bevor Beate überhaupt reagieren konnte.

Sie hatte überhaupt nicht damit gerechnet, dass er sie hier auf offener Straße einfach angreifen würde.

Ehe ihr richtig klar wurde, was hier passierte, stand Jablonsky neben ihr und hielt ihren Arm fest:

„Du steigst jetzt ohne Theater ein oder ich brech' dir alle Gräten…"

Er öffnete ihr die hintere Tür der Beifahrerseite und schob sie grob auf die Sitzbank.
Ihren Stoffrucksack ließ er einfach an der Haltestelle stehen.
Dann setzte er sich wieder auf den Fahrersitz und raste zurück zu seinem Hof.
Beate hatte noch gar keine Idee, wie sie sich widersetzen könnte. Sie probierte lediglich einmal kurz, die Tür zu öffnen, aber Jablonsky hatte die Kindersicherung eingelegt.
Ein paar Sekunden später zerrte er sie auch schon wieder aus dem Wagen und ins Haus.
Er schob sie in die Küche und drückte sie dann auf den Boden. Aus einer Küchenschublade nahm er einen großen Kabelbinder und befestigte damit ihr linkes Handgelenk am Heizungsrohr.
Den Kabelbinder zog er so fest, dass er fast in Beates Haut einschnitt.
Danach zog er wieder sein Handy aus der Tasche und rief erneut bei Katrin an.

„Ja, tut mir leid, Herrin.
…

Nein, ich will Euch wirklich nicht belästigen. Es ist aber wichtig.

…

Ich habe hier gerade noch eine zweite Polizistin gefunden. Die habe ich mir geschnappt.

…

Was soll ich denn machen? Kann ja sein, dass sie das Gespräch eben mitgehört hat. Vielleicht weiß der andere Bulle jetzt auch, wo ihr seid.

…

Genau. Seid bloß vorsichtig. Nicht dass Ihr in irgendeine Falle lauft.
Was soll ich denn jetzt mit ihr machen?

…

„Klar fällt mir was Schönes ein, Ihr kennt mich doch. Aber zu Ende bringen kann ich so was nicht. Könnt Ihr mir helfen?

…

Ja; Herrin, ich bin leider nur Dreck. Aber das schaffe ich echt nicht ohne Euch. Bitte helft mir!

…

Vielen Dank. Ich freue mich auf Euch."

Jablonsky legte auf und grinste Beate an.

„Sie kümmert sich nachher persönlich um dich.

Aber bis dahin könnten wir ja noch etwas Spaß haben, oder?"

„Du perverser Bekloppter! Lass mich bloß in Ruhe oder ich trete dir die Eier platt.

Du glaubst doch nicht wirklich, dass ich mich von so einer geisteskranken Ratte ficken lasse, oder?"

„Bleib mal ganz ruhig. Wir haben ja noch etwas Zeit. Also, ich kann aus eigener Erfahrung sagen, dass es mich immer total geil gemacht hat, gefesselt und hilflos zu sein.
Lass es einfach noch ein Bisschen auf dich wirken. Ich geh in der Zwischenzeit kurz aufs Klo. Bleib schön artig."

Dann verließ er die Küche und ging in den Flur.

Beate verdrehte sich so weit wie möglich, um den Kabelbinder an ihrem Handgelenk genauer zu untersuchen. Es war ein ziemlich dicker Kunststoffriemen. Ohne ein entsprechendes Werkzeug würde sie ihn auf keinen Fall öffnen können.
Sie begann, sich in der Küche umzusehen.

Katrin Dilling schob ihren Einkaufswagen gerade in Richtung Kasse, als Jablonsky sie anrief und warnte.

Sie musste nun kurz über ihre Situation nachdenken.
Die kleine Polizistin müsste auf jeden Fall verschwinden. Aber auch Lars Jablonsky wurde langsam zur Gefahr für Katrin. Er wusste mehr über sie als ihr lieb war und war ihrer Meinung nach nicht besonders klug.
Vermutlich würde es das Beste sein, nachher noch einmal zur Tankstelle zu fahren und dann Jablonskys kompletten Hof samt Inhalt in Schutt und Asche zu legen.

Aber würde ihr der andere Polizist wirklich auf dem Parkplatz des Extrem-Marktes auflauern?

Sie musste jetzt erst einmal vom schlimmsten Fall ausgehen und sich darauf vorbereiten.
Und dafür war sie genau im richtigen Geschäft. Hier konnte man alles kaufen, was sie gerade jetzt als nützlich empfand.

Daher ließ Katrin ihren gefüllten Einkaufswagen einfach stehen und schnappte sich einen leeren Wagen, der unbewacht neben dem Regal mit Obstkonserven stand.
Sie schob ihn in Richtung Kosmetikabteilung. Unterwegs nahm sie eine große Glasflasche mit Olivenöl aus einem anderen Regal.

In der Kosmetikabteilung angekommen, befüllte sie den Einkaufswagen weiter mit einer Packung Damenbinden, zwei Haargummis und fünf Fläschchen mit Nagellackentferner.

Die nächste Station war das Regal mit Haushaltswaren. Katrin entschied sich für ein langes, schmales Fleischmesser mit rotem Kunststoffgriff.

Weiter ging es zum Damenbekleidungsbereich. Die Auswahl war groß, aber Katrin wusste genau, was sie wollte. Ein bunter Poncho, der aus Katrins Sicht so peinlich aussah, dass er schon fast wieder schön war, landete im Einkaufswagen.

Hinzu kamen eine schwarze Leggins, eine blaue Baseballkappe, eine große Damenhandtasche aus braunem Kunstleder und eine Sonnenbrille mit goldfarbenem Gestell.

Jetzt waren die nötigen Einkäufe schon mal zusammengestellt und Katrin konnte sich endlich dem Hauptproblem zuwenden.

Sie brauchte unbedingt ein anderes Auto.

Dem Mitsubishi Colt würde sie sich nie wieder nähern können, ohne dabei aufzufallen. Er gehörte sowieso nicht ihr. Der eigentliche Besitzer, ein allein stehender Frührentner aus Bochum, lag schon seit über zwei Monaten tot in seiner eigenen Gefriertruhe im Kellerraum eines Hochhauses. Offenbar hatte er keinen großen Bekanntenkreis, denn bisher lag der Bochumer Polizei nicht einmal eine Vermisstenmeldung vor..

Katrin schaute sich einige Kunden genauer an, die sich in ihrer Nähe aufhielten.

Einer davon viel ihr besonders ins Auge. Es war ein schlanker Mann mit hochwertigem Anzug. Ein Mann, der so gekleidet war, würde sich bestimmt nicht mit öffentlichen Verkehrsmitteln fortbewegen. Sie schätzte sein Alter auf etwa 35 Jahre. Er wirkte auf Katrin nicht unattraktiv und das war ihr auch wichtig, denn sie würde ihm gleich etwas näher kommen müssen.

Sie ließ ihren frisch befüllten Einkaufswagen stehen und ging direkt auf den fremden Mann zu. Dann lächelte sie freundlich und sprach ihn an: „Hallo, ich heiße Gabi, und du?"

Der Mann schaute sie überrascht an. Es kam nicht oft vor, dass hübsche, junge Frauen, die ihm völlig unbekannt waren, so direkt auf ihn zukamen.

„Felix. Was kann ich für dich tun?"

Katrins Stimme wurde jetzt etwas leiser, aber nicht schüchtern: „Du gefällst mir halt.
Ich wollte dich fragen, ob du vielleicht Lust hast, kurz mit mir in der Umkleidekabine zu verschwinden und mich zu vögeln…"

„Meinst du das jetzt Ernst?" Felix war total überrumpelt.

„Klar. Ich brauch es jetzt ganz dringend. Wenn du etwas nervös bist und ihn nicht sofort hoch kriegst, ist es auch nicht schlimm.

170

Ich lutsch dir dann den Schwanz so lange durch, bis er knüppelhart ist.

Wie sieht es aus? Bist du dabei?" Katrin lächelte immer noch ganz freundlich.

Felix konnte dieser Versuchung nicht widerstehen. Zwar war er verheiratet und bisher auch immer treu gewesen, aber dieses unglaubliche Angebot musste er annehmen: „Ok, lass uns gehen…"

Gemeinsam gingen die Beiden zu den Umkleidekabinen. Es gab nur zwei Kabinen und die linke war frei. Katrin zog Felix hinein und schloss den Vorhang.

Darin gab es nur einen großen Wandspiegel und einen Hocker.

Katrin wollte nun nicht mehr reden. Sie kniete sich vor dem Mann auf den Boden. Dann öffnete sie seinen Gürtel und zog Hose und Unterhose herunter. Sein Glied war bereits steif und blieb direkt vor Katrins Gesicht waagerecht stehen.

Die junge Frau schubste Felix einfach auf den Hocker. Dann schob sie seine Vorhaut zurück und begann, ihre Zungenspitze zärtlich über seine Eichel tanzen zu lassen.

Felix war inzwischen unheimlich erregt und wollte mehr. Er hielt Katrins Kopf mit beiden Händen fest und drückte langsam sein Becken nach vorn, bis der komplette Penis in ihrem Mund verschwunden war.

Da sie sich dagegen überhaupt nicht zur Wehr setzte, begann er sein Becken immer wieder vor und zurück zu bewegen. Sein Penis schob sich dadurch immer wieder tief in Katrins Mundhöhle hinein. Sie genoss es und saugte gierig. Gleichzeitig begann sie, seine Hoden mit beiden Händen zu massieren.

Felix stöhnte erregt, aber leise, um nicht von anderen Kunden oder Verkäufern bei Dem erwischt zu werden, was er gerade mit dieser bildhübschen jungen Frau machte.

Dann stand Katrin auf. Sie zog ihr schwarzes T-Shirt, unter dem sie keinen BH trug, hoch und ihre großen Brüste sprangen dem Geschäftsmann sofort fast ins Gesicht. Gierig griff er mit beiden Händen zu. Seine Hände waren groß und kräftig, aber er war nicht in der Lage, ihre üppige Oberweite komplett mit seinen Fingern zu umfassen.

Katrin schob ihren kurzen Rock hoch und ließ sich langsam auf dem Schoß des erregten Mannes nieder. Da sie keinen Slip trug, glitt sein steifes Glied widerstandslos in ihre nasse, glatt rasierte Vagina.

Sie hatte nun mal eine Abneigung dagegen, im Alltag Unterwäsche zu tragen.

Felix griff nun noch fester mit beiden Händen um ihre Brüste und drückte Katrin gleichzeitig etwas nach oben. Kurz danach bewebte er seine Arme wieder zurück. Diese Bewegung wiederholte er nun ständig, wodurch sein harter Penis sich immer wieder tief zwischen ihre glatten, tropfnassen Schamlippen bohrte.

Katrin stöhnte im dabei leise, aber lustvoll ins Ohr.

Nach einigen Stößen bewegte sie ihre rechte Hand langsam und unauffällig hinter ihren Rücken und griff nach einem Kabelbinder, den sie unter den Gürtelschlaufen ihres Rockes eingefädelt hatte.

Sie zog ihn vorsichtig heraus und umfasste dann mit beiden Händen den Nacken ihres Sexpartners. Geschickt schlang sie nun mit der rechten Hand den Kabelbinder um seinen Hals und drückte gleichzeitig mit der linken Hand seinen Kopf nach vorn, bis sein Gesicht komplett zwischen ihren Brüsten verschwand.
Felix bemerkte nicht einmal, dass die junge Frau ihn gerade tötete, während sie ihre Hüfte immer schneller hoch und runter bewegte.

Nach kurzer Zeit fühlte Katrin, wie seine Bewegungen immer langsamer wurden und sein Glied an Steifigkeit verlor.
Etwas später lockerte sich sein Griff an ihrem Busen. Er ließ die Arme sinken und saß leblos unter ihr auf dem Hocker.
Sie spürte noch, wie das Sperma aus dem weichen Penis zwischen ihre Schamlippen lief, als seine Muskulatur komplett erschlaffte und er den Druck auf seine Samenstränge nicht mehr kontrollieren konnte.
Katrin liebte es, erschlaffende Glieder von sterbenden Männern zum letzten Mal zu entleeren. Das war fast immer der krönende Abschluss ihrer „Arbeit".

Als sie fühlte, wie die Flüssigkeit an ihren Schenkeln herunter lief, stand sie auf.

Aus ihrer kleinen Handtasche zog sie ein Päckchen Papiertaschentücher und trocknete damit ihre Beine ab.

Dann rückte Katrin ihre Kleidung zurecht und schaute Felix an, der vor ihr tot auf dem Hocker saß. Wenn sie ihn mit heruntergezogener Hose und einem Kabelbinder um den Hals hier zurücklassen würde, wäre in diesem Kaufhaus schon sehr bald die Hölle los. Vermutlich würde die Polizei dann die Ausgänge versperren und die Daten jedes Kunden aufnehmen, der sich hier aufhielt.

Sie musste hier also noch Einiges verändern. Zunächst durchsuchte sie seine Kleidung. In der rechten Hosentasche fand sie einen Schlüsselbund. Auch ein Zündschlüssel für einen BMW hing daran. Aus der Innentasche seines Jacketts zog sie eine Brieftasche.

Der Schlüsselbund und die Brieftasche landeten in ihrer Handtasche, aus der sie als Nächstes ein Taschenmesser zog.

Sie klappte es auf und durchschnitt damit den Kabelbinder.

Danach verstaute sie das Taschenmesser, den zerschnittenen Kunststoffriemen und die benutzten Papiertücher ebenfalls in ihrer Tasche, die jetzt randvoll war.

Sie zog Felix die Hose hoch, so gut es ihr bei einer unkooperativen Leiche möglich war, verließ die Umkleidekabine und schob den Vorhang zu.

174

Sollte nun jemand die Leiche finden, bevor Katrin hier weg wäre, würde man zunächst bestimmt nicht von einem Mord ausgehen.

Die junge Dame schnappte sich ihren Einkaufswagen und schob ihn zu einer Kasse, an der nur zwei Kunden vor ihr warteten.
Während sie ihre Einkäufe auf das Laufband legte, fügte sie noch ein Päckchen Einwegfeuerzeuge hinzu, die sich dort in der Auslage befanden und nahm eine Einkaufstüte vom Haken neben dem Laufband.

Als Lars Jablonsky aus dem Badezimmer kam und die Küche betrat, schien die Polizistin wirklich etwas freundlicher zu sein. Jedenfalls saß sie jetzt ziemlich regungslos neben dem Heizkörper auf dem Fliesenboden und lächelte sogar etwas.

Außerdem lagen ein Locher, eine Rolle Mülltüten, ein Klebestift und noch ein paar andere Haushaltsutensilien auf dem Boden herum. Diese Sachen waren offensichtlich aus einem billigen, wackligen Metallregal gefallen, gegen das sie mit den Beinen gestoßen war, als sie sich noch nicht mit ihrer Lage abgefunden hatte.

Jablonsky grinste: „Ich wusste doch, dass du es irgendwann kapierst.
Du kommst hier nicht mehr weg. Sei einfach nett zu mir, dann bin ich auch nett…"

Beate sah im ins Gesicht und fuhr langsam mit der Zungenspitze über ihre Lippen: „Weißt du eigentlich, wie langweilig das hier ist. Ein bisschen Abwechslung wäre nicht schlecht.
Aber du bist nur so ein devoter Schlappschwanz, der sich gern auspeitschen lässt.
Ich könnte jetzt einen richtigen Kerl gebrauchen, der es mir mal ordentlich besorgt…"
Dann begann sie damit, sich mit den Fingern der rechten Hand über den Stoff der Jeanshose zwischen ihren Beinen zu streicheln.

Lars fand den Anblick der jungen Frau, die sich direkt vor ihm lustvoll stimulierte, unheimlich erregend.

Er kniete sich vor sie und öffnete langsam seine Hose: „Ok, ich bin ein bisschen devot. Aber ich kann dir genauso gut zeigen, wo der Hammer hängt..."

Beate streichelte ihm zärtlich über sein gerötetes Gesicht, ließ dann ihre Finger langsam an seinem T-Shirt herunter gleiten, griff hinter ihren Rücken und rammte ihm blitzartig mit aller Kraft den großen Schraubenzieher, den sie dort versteckt hatte, in den Hals.

Sie traf so gut, dass die flache Spitze mit einem leichten Blutüberzug aus Jablonskys Nacken herausschaute.

Entschlossen zog Beate den Schraubenzieher wieder heraus, da sie nicht sicher war, ob sie noch ein zweites Mal zustechen müsste.

Das Blut spritzte unter seinem Kinn hervor und die Auszubildende wurde mit der roten Flüssigkeit geradezu abgeduscht.

Lars Jablonsky starrte sie verwirrt an und schnappte nach Luft. Er hob die Arme und wollte seine Angreiferin zu fassen bekommen. Aber noch bevor er sie berühren konnte, steckte der Schraubenzieher bis zum Griff in seinem Bauch.

Jablonsky sah an sich herunter und brach kraftlos über ihr zusammen.

Sie brauchte ein paar Sekunden, um den Ekel zu überwinden. Dann berührte sie vorsichtig seinen blutverschmierten Hals. Einen Puls konnte sie nicht spüren. Offenbar war er wirklich tot.

Sie schob seinen leblosen Körper etwas zur Seite. Dann zog sie sein Handy aus der Hosentasche, drückte die Menu-Taste und fluchte. Das Gerät forderte eine PIN-Code-Eingabe.

Eigentlich wollte sie jetzt Erik anrufen, ihn noch einmal vor dieser gefährlichen Frau warnen und ihn bitten, sie aus ihrer Lage zu befreien.
Das würde aber nun so nicht klappen. Also müsste sie diesen Kabelbinder an ihrem linken Handgelenk irgendwie selbst loswerden. Sie schaute kurz den blutverschmierten Schraubenziehergriff an, der aus dem Bauch des Elektrikers herausragte, und entschied sich dagegen.

Genau dieser Schraubenzieher war vor ein paar Minuten aus dem Regal gefallen, als sie dagegen getreten hatte. Sie hatte schon versucht, damit den Verschluss des Kabelbinders aufzuhebeln, aber die Klinge war einfach zu dick und passte nicht in den Spalt. Inzwischen hatte sie ja einen anderen Verwendungszweck für dieses Werkzeug gefunden.

Sie sah sich noch einmal die Leiche an, die vor ihr lag. Ihr fiel eine kleine Gürteltasche aus Nylon auf, die an seinem Hosenbund hing.

Beate öffnete den Klettverschluss der Tasche und zog ein kleines Multi-Tool heraus. Sie öffnete es. Dann musste sie den Griff des Multifunktionswerkzeugs mit ihren Zähnen festhalten, um mit ihrer freien Hand eine kleine Messerklinge aufzuklappen. Dann begann sie damit, hastig den Kunststoffriemen am Heizungsrohr durchzuschneiden.

Katrin war jetzt vorbereitet. Sie hatte mit ihrer Einkaufstüte die öffentliche Damentoilette aufgesucht, die sich im Eingangsbereich des Einkaufszentrums befand.

Dort hatte sie sich eingeschlossen und ihren Minirock durch die neu gekaufte Leggins ersetzt. Dann hatte sie den bunten Poncho angezogen, ihre lange, blonde Haarpracht mit einem Haargummi zu einem Pferdeschwanz zusammengebunden und diesen hinter dem Rücken unter dem Kopfausschnitt des Ponchos versteckt.

Etwa zwei Drittel des Olivenöls hatte sie in die Toilette geschüttet und die Flasche danach mit Nagellackentferner aufgefüllt. Da der originale Schraubverschluss der Ölflasche für Katrins Zwecke ungeeignet war, hatte sie ihn durch eine zusammengerollte Damenbinde ersetzt, die sie wie einen Korken in den Flaschenhals gestopft hatte.

Nachdem die Flasche gründlich geschüttelt und in der neuen großen Handtasche neben den inzwischen unverpackten Feuerzeugen und dem Fleischmesser gelandet war, hatte Katrin sich die Sonnenbrille und die Baseballkappe aufgesetzt. Der Schirm der Kappe verdeckte im Nacken den Teil des Pferdeschwanzes, der noch zu sehen war.

Katrin verließ nun das Gebäude und schaute zu dem Mitsubishi Colt, mit dem sie in den letzten Wochen unterwegs war.

Schnell fiel ihr in unmittelbarer Nähe des Wagens ein alter VW Bus auf. Am Steuer des Busses saß ein Mann, dessen Blickrichtung ständig zwischen dem Colt und dem Eingangsbereich des Extrem-Marktes wechselte.

Dieser Mann suchte ganz offensichtlich nach ihr.

Sie würde sich nachher um ihn kümmern müssen. Vorher brauchte sie aber noch ein anderes Auto. Sie schaute suchend über den stark frequentierten Parkplatz.

Wenn die Angaben im Fahrzeugschein stimmten, den sie in der Brieftasche des kürzlich verstorbenen Geschäftsmannes gefunden hatte, würde der Zündschlüssel am Schlüsselbund in ihrer Handtasche zu einem grünen BMW passen, der noch nicht mal ein Jahr alt war.

Sie musste ihren Blick etwas weiter schweifen lassen. Dann sah sie einen Wagen, der diese Eigenschaften zu vereinen schien. Zügig ging sie darauf zu. Als sie das Kennzeichen erkannte, lächelte sie zufrieden.

Sie betätigte die im Zündschlüssel integrierte Funkfernbedienung und die Zentralverriegelung des noblen Gefährtes öffnete sämtliche Türen. Gleichzeitig gab das Auto einen melodischen Piepston von sich und ließ kurz die Fahrtrichtungsanzeiger aufleuchten.

Katrin stieg ein und startete den Motor.
Sie steuerte das Gefährt aus der Parklücke und fuhr langsam auf den VW Bus zu.

Sie hatte geplant, die Glasflasche mit dem leicht brennbaren Flüssigkeitsgemisch an der inzwischen voll gesaugten Damenbinde zu entzünden und dann entweder durchs offene Fahrzeugfenster zu werfen oder im schlimmsten Fall kurz eine Tür aufzureißen, um im Auto des Polizisten ein brennendes Inferno zu entfachen.
Sollte er dann wirklich noch lebend aus dem Wagen herauskommen, würde sie so oft und schnell mit dem Fleischermesser zustechen, bis das Problem endgültig gelöst sein würde.

Zu Katrins Freude wurde gerade drei Plätze vor dem VW Bus eine Parkbox frei. Sie fuhr zügig näher heran und setzte den Blinker, damit niemand ihr diesen idealen Parkplatz vor der Nase wegschnappte.
Sie bekam den Parkplatz und rangierte ihr neues Auto vorsichtig rückwärts in die Box hinein.

Ihr würde nichts Anderes übrig bleiben als auszusteigen, wenn sie diesen Polizisten töten wollte. Aber ihr Wagen sollte dann so bereit stehen, dass sie danach schnell wieder hinein springen und wegfahren konnte.

Katrin atmete noch einmal tief durch, öffnete die Tür des BMW und kletterte heraus.

Langsam ging sie auf den VW Bus zu. Erleichtert stellte sie fest, dass der Fahrer sein Fenster komplett geöffnet hatte. Er schaute nach wie vor immer abwechselnd zum Eingang und zum Mitsubishi Colt. Dabei rauchte er einen Zigarillo.

Ein gezielter Wurf ihrer Brandbombe würde vermutlich ausreichen, um den Mann zu beseitigen.

Sie befand sich etwa fünf Meter neben dem Fahrersitz, als sie stehen blieb.
Sie öffnete die Handtasche, zog ein Feuerzeug heraus und hielt es in der linken Hand bereit. Dann nahm sie die schwere Ölflasche heraus.

Als sie das Motorengeräusch registrierte, war es schon zu spät. Die kantige Front des Volvo, der sie von hinten mit einer Geschwindigkeit von etwa 40 km/h erfasste, stieß in ihre Kniekehlen und ließ die Beine der schönen Frau einknicken. Katrins Rücken und Gesäß rutschten über die Motorhaube. Ihr Kopf schlug gegen die Windschutzscheibe, die einen langen Riss davontrug.
In diesem Moment trat Beate so fest aufs Bremspedal, wie sie konnte. Katrins Körper, der inzwischen die Geschwindigkeit des Fahrzeuges angenommen hatte, rutschte wieder nach vorn von der Motorhaube, viel vor dem Auto auf den Asphalt und rollte auf dem Parkplatz noch ein Stück weiter, bis er bewegungslos liegen blieb.

Erik sprang aus dem VW Bus und blickte fassungslos auf den Körper, der mit verdrehten

Gliedmaßen vor ihm lag. Dann sah er ein paar Meter daneben die zerbrochen Glasflasche mit der zusammengerollten Damenbinde liegen.

Jetzt stieg auch Beate zitternd aus dem Volvo. Sie war von oben bis unten blutverschmiert.

Sofort lief Erik zu ihr und suchte verwirrt nach Verletzungen. Da der Volvo, abgesehen von der gerissenen Windschutzscheibe, fast unbeschädigt zu sein schien, konnte er sich so viel Blut nicht erklären.

„Es ist nicht von mir. Ich hatte noch etwas Zoff mit Jablonsky…"

Erik schaute noch einmal auf die zertrümmerte Flasche und dann wieder zu Beate: „Ich glaube, du hast mir gerade den Arsch gerettet.
Danke."

Beate hatte auch noch etwas auf dem Herzen: „Jetzt musst du mir als Nächstes aber mal helfen. Ich habe noch gar keinen Führerschein.…"

Erik musste lachen: „Das ist bestimmt das kleinste Problem. Sonst schreiben wir doch auch nur Scheiße in diese Berichte…"

## Endlich Ruhe

Rainer Borgmann schaute wieder auf den Stapel Papier, der vor ihm auf dem Schreibtisch lag.

Dann seufzte der Wachleiter und sah etwas hilflos in die Gesichter von Erik Paschek und Beate Schnitzler, die auf der anderen Seite des Schreibtisches saßen und ihn freundlich anlächelten.

Borgmann wandte sich an Beate: „Wissen Sie, Frau Schnitzler, dafür, dass sie erst so kurze Zeit bei uns sind, schreiben Sie eigentlich ja schon recht gute Berichte. Na ja, meistens jedenfalls…
Also, dass Sie in Ihrer Freizeit mit einem Kollegen unterwegs waren, ist absolut in Ordnung, da gibt es nichts dran zu meckern….sogar dann, wenn Sie beide krank gemeldet waren…."

„Wir haben uns per Zufall in der Apotheke vor dem Extrem-Markt getroffen. Und der Herr Paschek war dann so nett, mich mitzunehmen, damit ich nicht so lange auf den Bus warten musste" erklärte Beate die Situation noch einmal etwas genauer.

„Das kann ja auch so gewesen sein. Aber warum Sie, Herr Paschek, mit dem Volvo eines gewissen Lars Jablonsky unterwegs waren statt mit ihrem eigenen Wagen, ist ja nach wie vor etwas merkwürdig. Außerdem haben wir Jablonsky immer noch nicht erreicht, um ihn dazu zu befragen…."

„Lars ist ein alter Kumpel von mir. Er ist im Augenblick im Urlaub und hat mir sein Auto geliehen, weil mein Bulli dringend eine neue Kupplung braucht."

Lars Jablonsky konnte nichts Gegenteiliges mehr behaupten. Er war inzwischen im Wald vergraben und würde dort vermutlich nicht so schnell gefunden werden. Sein Haus hatte eine sorgfältige Grundreinigung erfahren und strahlte von oben bis unten.

Borgmann war noch nicht ganz zufreiden:
„Wissen Sie eigentlich, wer alles diesen Bericht lesen wird?
Jetzt mal ernsthaft. Paschek fährt versehentlich eine fremde Frau, die ihm auf einem Parkplatz vors Auto springt, über den Haufen und dann finden Sie Zwei bei der Ersten Hilfe ein paar Kabelbinder bei ihr, die nur unsere gesuchte Serienmörderin verwendet?! Wer soll den Quatsch denn glauben in der Chefetage?"

Erik bekräftigte noch mal: „Wir wissen ja, dass es komisch klingt. Aber genau so ist es gewesen…"

„Gott sei Dank haben Sie scheinbar wenigstens die Richtige erwischt. Die DNA passt zu mindestens sechs Opfern.
Aber die Personalien haben wir immer noch nicht. DNA und Fingerabdrücke sind in keiner Datenbank.

186

Sie hatte keine Ausweispapiere dabei und passt zu keinem Vermisstenfall.
Vielleicht redet sie ja, wenn sie demnächst wieder aus dem künstlichen Koma geholt wird."
Jetzt schaute Borgmann speziell Beate an: „ Frau Schnitzler, in ihrem Bericht ist mir ein Satz besonders aufgefallen…"

Er nahm ein Blatt in die Hand und las laut vor: „…Als ich mich gerade nach unten beugte, um meinen Kugelschreiber wieder von der Fußmatte aufzuheben, spürte ich einen dumpfen Aufschlag, während Kriminaloberkommissar Paschek gleichzeitig eine Vollbremsung einleitete…"
Borgmann schaute die Praktikantin fragend an.

Beate schaute genau so fragend zurück: „Ja, was ist denn mit diesem Satz?"

„Frau Schnitzler, ich bin jetzt seit neun Jahren Leiter dieser Polizeiwache. Wissen Sie, wie oft ich diesen Käse mit dem heruntergefallenen Kugelschreiber schon gelesen habe?"

„Nein, Herr Borgmann, das weiß ich leider nicht…"

„Ok, Frau Schnitzler, ich werde es Ihnen sagen. Ich hatte in diesen neun Jahren 16 Berichte auf meinem Schreibtisch liegen, in denen ein Kugelschreiber heruntergefallen war und die Beamten daher keine genauen Angaben zum Sachverhalt machen konnten.

Können Sie sich vorstellen, was passiert, wenn ich Ihren Bericht jetzt so, wie er ist, weiterleite?"

„Nicht genau…"

„Ich werde es Ihnen sagen. Es wird gar nichts passieren!
Wissen Sie, Frau Schnitzler, es ist so etwas wie eine Geheimsprache. Im Prinzip haben Sie Folgendes geschrieben: Wir haben Scheiße gebaut. Fragt bitte nicht weiter nach, sonst wird es peinlich für alle."

Borgmann grinste Beate an.

„Soll ich diesen Bericht so faxen?"

Beate wirkte erleichtert: „Das wäre sehr nett, Herr Borgmann…"

„OK. Und jetzt raus mit Ihnen! Ich will endlich Ruhe haben."

Professor Dr. Erwin Folkner, der Leiter der Universitätsklinik, hatte einen hochroten Kopf. Er saß an seinem Schreibtisch, hielt sich den Hörer des Telefons ans Ohr und sprach gerade mit Staatsanwalt Martin Berger.

„Herr Berger, das ist doch bis jetzt nur Rumschleimerei. Aber ich will mal ein genaues Datum hören.
Als sie die letzten vier Wochen unten auf der Intensivstation lag, habe ich ja nichts dagegen gesagt. Da ist halt kein normaler Publikumsverkehr.

Aber dass jetzt ständig zwei uniformierte Polizisten im Flur vor dem Krankenzimmer sitzen, in einem Bereich, der für Jeden frei zugänglich ist, hinterlässt eine echt miesen Eindruck bei den Leuten. Für mein Personal ist es auch eine Zumutung. Für jedes Mal waschen und für jeden Kaffee, den sie servieren, müssen die Mädels einen Aufpasser dazu rufen. Die haben auch noch was Anderes zu tun. Und dann noch diese lächerlichen Handschellen, mit denen die Frau ans Bett gefesselt ist. Sie kann sich doch bis jetzt kaum bewegen.
Auf jeden Fall muss sie vor dem Wochenende hier weg!"

„Bleiben Sie doch bitte ruhig. Ich habe ja eben schon mit der Justizvollzugsanstalt Gelsenkirchen telefoniert. Die müssen nur noch ein Krankenzimmer etwas aufrüsten, damit es den Anforderungen genügt.

Spätestens Donnerstag oder Freitag kommt dann der Gefangenentransporter und sie wird verlegt..."

„Das hoffe ich für Sie. Was wir auch noch abklären müssen, ist die Sache mit der Krankenversicherung. Ich habe hier noch gar nichts vorliegen. Der Name Gabi Müller scheint ja nun frei erfunden zu sein.

Was glauben Sie, was der Spaß hier bis jetzt gekostet hat? Darauf will die Klinik mit Sicherheit nicht sitzen bleiben."

„Natürlich nicht. Wir arbeiten ja daran. Sobald wir die richtigen Personalien haben, können Sie ja ihre Rechnung verschicken."

„Das will ich hoffen. Auf Wiederhören..."

Katrin Dilling konnte und wollte nicht schlafen. Sie dachte über ihre Situation nach.

Lange würde sie bestimmt nicht mehr hier im Krankenhaus bleiben. Auch wenn sie immer so tat, als ob jede Bewegung große Schmerzen verursachen würde, hatte man sie ja scheinbar als fast geheilt eingestuft. Immerhin war sie schon von der Intensivstation in den normalen stationären Bereich des Krankenhauses verlegt worden. Ihre einzige Möglichkeit zur Flucht war genau hier und jetzt.

Es gab zwar noch ein paar Probleme, aber die musste sie halt lösen.

Und damit begann sie jetzt auch.

Katrin nahm mit ihrer linken Hand den kleinen Löffel, der neben der Kaffeetasse auf dem Klapptischchen lag. Dann drehte sie sich nach rechts. Sie hatte schon festgestellt, dass sie keine Möglichkeit hatte, die Handschelle an ihrem rechten Handgelenk zu öffnen. Daher widmete sie sich dem Bettgestell aus Stahlrohren, an dem die andere Spange der Handschelle befestigt war.

Die junge Frau steckte das Ende des Löffelstiels in eine der Schrauben, durch die die Rohre miteinander verbunden waren, und versuchte ihn links herum zu drehen. Der Löffel bewegte sich nicht. Die Metallkanten der runden Löffelseite schnitten sich fast in ihre Handfläche. Daher zog Katrin an ihrem Bettlaken und wickelte einen Teil des Stoffs um den Löffel. Erneut versuchte sie, die Schraube zu lösen. Dieses Mal gelang es ihr.

Dasselbe machte sie danach noch mit einer weiteren Schraube, die sie aus ihrer Position erreichen konnte.

Sie griff nach dem Rohr und zog daran. Es bewegte sich leicht, ließ sich aber nicht aus dem Rahmen herausreißen.

Katrin hörte ein Geräusch von der Tür und drehte sich blitzartig in ihre übliche Schlafposition.

Die Tür öffnete sich und Elif Yilmaz, die Nachtschwester, kam herein. Sie hatte schon in der letzten Nacht Dienst gehabt und Katrin jubelte innerlich, dass Elif auch in dieser Nacht für die Station zuständig war.

Die beiden Frauen hatten bisher zwar außer der allabendlichen Begrüßung kaum ein Wort gewechselt, aber es ging Katrin in diesem Fall auch überhaupt nicht darum, ob die junge Türkin ihr sympathisch war.

Der Grund für Katrins Freude war Elifs Bekleidung. Sie trug die übliche Schwesterntracht und hatte ungefähr Katrins Figur. Der besondere Pluspunkt bei Elif war aber ihr Kopftuch.

Mit diesem Symbol des muslimischen Glaubens hätte sie in einer kirchlichen Einrichtung vermutlich nur mit großen Schwierigkeiten eine Anstellung gefunden. Aber hier handelte es sich um eine Universitätsklinik, die diesbezüglich erheblich toleranter war.

„Guten Abend, Frau Müller. Ich wollte nur sagen, dass ich ab jetzt hier bin. Wenn Sie Etwas brauchen, klingeln Sie ruhig."

„Vielen Dank. Hier ist bis jetzt alles in Ordnung."

Elif Yilmaz verließ Zimmer 608 wieder und schloss die Tür.

Wenn Katrin jetzt also nicht zu viel Krach machte, würde sie hier die ganze Nacht ungestört sein.

Sie drehte sich um und löste eine Knebelschraube hinter dem Kopfende ihres Bettes.
Jetzt konnte sie das schwere Rohr des Galgens, der als Hilfe zum Aufrichten über dem Bett baumelte, einfach nach oben herausziehen. Sie steckte das Galgengestell zwischen zwei Rohre des Bettgestells und drückt es nach oben. Die Hebelwirkung reichte aus, um die oberste Stange des Bettgestells so stark zu verbiegen, dass Katrin es mühelos herausziehen konnte. Sie zog die Stange aus der Spange der Handschelle heraus und war nun nicht mehr ans Bett gefesselt.

Die Patientin ging zum Kleiderschrank und nahm einen Plastikbeutel heraus, in dem sich schmutzige Wäsche befand. Sie schüttete die Kleidung auf ihr Bett und steckte den leeren Beutel in die Tasche ihres Nachthemdes.
Dann griff sie noch mal in den Kleiderschrank und nahm noch etwas saubere Kleidung heraus, die sie ebenfalls auf die Matratze des Bettes legte. Sie

brachte die Kleidung etwas in Form und legte dann die Bettdecke darüber.

Nun würde es für jeden, der ins Zimmer schaute, so aussehen, als ob Katrin friedlich dort schlief.

Als Nächstes griff sie wieder nach dem Stahlgestell des Galgens. Sie ging zum Fenster und schob das Ende des schweren Stahlrohres zwischen den abgeschlossenen Verriegelungshebel des Fensters und die Mauer. Dann drückte Katrin gegen das Ende des Gestells und drückte den Hebel ohne große Mühe auf. Ein abgebrochenes Stück des kleinen Zylinderschlosses fiel zu Boden, verursachte dabei aber nicht viel Lärm.

Jetzt öffnete sie das Fenster und schaute hinaus. Sie befand sich im sechsten Stockwerk und hatte keine Chance, an dieser Fassade abwärts zu klettern und lebend unten anzukommen. Etwas unterhalb der Fensterbank verlief über die gesamte Breite des Gebäudeabschnitts ein schmaler Betonsims.

Er war höchstens 15 Zentimeter breit und lud nicht direkt zum Klettern ein, aber Katrin sah darin die einzige Möglichkeit, hier raus zu kommen. Sie griff sich also wieder das Galgengestell. Dann schwang sie ihr linkes, nur mit einem Tennissocken bekleidetes Bein über die Fensterbank und stand kurze Zeit später auf dem schmalen Mauervorsprung.

Vor ihr lag ein ziemlich langer Weg. Sie begann, sich langsam nach links zu bewegen. Dabei bewegte sie ihre Füße nur in Zentimeterschritten und schmiegte sie sich so nah an die Betonwand wie möglich.

Nach ein paar Minuten erreichte sie das Nachbarzimmer. Sie hatte zwar den Drang, sofort hier einzubrechen, konnte aber widerstehen. Sie würde das Glasfenster einschlagen müssen, um von außen hinein zu gelangen und das würde hier soviel Krach machen, dass die Polizeibeamten, die jetzt noch gelangweilt direkt vor Zimmer 608 saßen, es mit Sicherheit hören würden.

Also kletterte Katrin weiter und weiter. Nach etwa 60 Metern war das Gebäude zu Ende. Sie würde es vermutlich nicht schaffen, um den Winkel der Fassade herumzuklettern, ohne dabei abzustürzen. Aber inzwischen hatte sie auch 16 Krankenzimmer überwunden.

Sie schaute durchs Fenster. Dort lag eine ältere Dame im Bett und schien fest zu schlafen.

Katrin holte mit dem Galgengestell aus und zerschlug das Fenster.

Als die alte Dame die Augen aufriss, war es schon zu spät. Katrin stand direkt neben ihr, zog ihr das Kissen unterm Kopf weg und drückte es ihr mit aller Kraft aufs Gesicht.

Nach ein paar Sekunden war es vorbei. Katrin legte das Kissen zur Seite und blickte in zwei tote starre Augen.

Da sie keine Lust verspürte, die Leiche bis ins kleine Badezimmer zu zerren, schubste sie sie einfach auf der Fensterseite vom Bett. Von der Tür aus konnte so niemand die tote Frau sehen. Als

Nächstes zog Katrin die Vorhänge zu, damit die zerstörte Fensterscheibe nicht sofort ins Auge fiel.
Dann legte sie sich ins Bett, zog die Decke über ihrer ihren kompletten Körper und betätigte den Notfallknopf.
Nach einigen Sekunden meldete sich Elif Yilmaz über die Sprechanlage: „Frau Kaiser, ist alles in Ordnung?"

Da Katrin nun mal nicht Frau Kaiser war und Elif auch lieber persönlich im Zimmer hätte, schwieg sie.

Ungefähr eine halbe Minute später öffnete die Nachtschwester die Tür. Da sich unter der Bettdecke niemand rührte, ging sie zügig hin, um nach dem Rechten zu sehen.

Katrin war viel zu schnell für Elif. Als die junge Türkin um Hilfe rufen wollte, hatte Katrin ihr bereits die Plastiktüte, die sich bis gerade noch in der Tasche ihres Nachthemdes befunden hatte, über den Kopf gezogen. Sie drückte Elifs Kopf auf die Matratze und zog die Kunststofffolie am Hals so fest zusammen, dass in der Tüte keine Luft zum Atmen zu bekommen war.
Die Nachtschwester schlug noch ein paar Mal um sich, aber die Bewegungen wurden immer langsamer.

Einige Minuten später lag die tote Elif Yilmaz komplett zugedeckt in Frau Kaisers Krankenbett.

Katrin Dilling trug nun ein fast perfekt sitzendes Schwesternkostüm. Ihre blonde Mähne und das halbe Gesicht waren mit einem Kopftuch verhüllt. Nur die Schuhe waren zwei Nummern zu klein und drückten sehr.

Katrin betätigte zwei Schalter neben der Tür. Im Flur erlosch daraufhin die rote und die grüne Leuchte über der Tür des Zimmers 640.
Die junge Frau verließ den Raum, schloss die Tür und ging schnurstracks nach rechts. Sie musste die komplette Station durchqueren, an den beiden Polizisten und dem Schwesterzimmer vorbeigehen, um die Aufzüge zu erreichen.

Es gab keinerlei Probleme. Die Polizeibeamtin, die gegenüber von Zimmer 608 auf einem Besucherstuhl saß, nickte ihr freundlich zu.
Kurze Zeit später kam Katrin am Schwesternzimmer vorbei, welches unbesetzt war. Nachts wurde die Station offenbar wirklich nur von einer einzigen Nachtschwester betreut.
Auf halbem Weg zum Aufzugsbereich kam ihr der zweite Polizeibeamter entgegen. Er hielt in jeder Hand einen Kaffeebecher aus dem Automaten und grüßte freundlich. Katrin nickte freundlich zurück. Ihre Füße schmerzten sehr, aber sie ließe es sich nicht anmerken.

Dann rief sie per Knopfdruck einen Aufzug und fuhr damit bis ins Erdgeschoss.

Im Eingangsbereich nickte sie der Empfangsdame zu und verließ die Klinik.

Der Taxistand vor dem Haupteingang war leer. Tagsüber standen hier immer mindestens zehn Taxen, um das Geschäft mit den vielen Besuchern und Patienten nicht zu verpassen.

Katrin war nun etwas unsicher. Wenn sie in ihrer Schwesterntracht zu Fuß durch die Stadt gehen würde, wäre das sehr auffällig. Aber sie musste hier dringend weg, bevor auf der Station ihr Verschwinden oder die zwei Leichen in Zimmer 640 bemerkt würden.
Als sie sich gerade dazu durchgerungen hatte, ihre Flucht zu Fuß fortzusetzen, hielt unmittelbar neben ihr ein helles Fahrzeug mit einem Taxi-Schild auf dem Dach.
Ein junger Mann, der ein Papiertaschentuch auf seine blutende Nase presste, stieg aus und torkelte zum Haupteingang der Klinik.

Sofort sprang Katrin durch die noch geöffnete Beifahrertür in den Wagen und wurde direkt noch einmal positiv überrascht. Am Steuer saß eine etwa 50jährige Frau. Ihre Kleidung war zwar überhaupt nicht Katrins Stil, aber sie würde halbwegs passen.

Die Taxifahrerin war ebenfalls etwas überrascht. Es kam selten vor, dass Klinikpersonal mit dem Taxi fuhr. Meistens wurden von hier aus nur Patienten oder Besucher chauffiert.

„Guten Abend, wo soll's den hingehen, Schwester?"

Katrin lächelte sie freundlich an: „Ich brauche erst mal etwas Ruhe. Können Sie mich bitte irgendwohin fahren, wo nicht so viele Leute sind?"

„Klar, gerne." Das Taxi fuhr los und war vom Haupteingang der Klinik aus bald nicht mehr zu sehen.

**Nachtrag zum Impressum:**

Titel:          Tödliche Herrin
                Jagd auf eine Serienmörderin
Autor:          Timo Brams
Bildquelle:     www.fotolia.com / 67174924


Herstellung und Verlag:
BoD - Books on Demand, Norderstedt
ISBN 978-3-8370-0660-5